U0456369

ONE PIECE FILM

浙江人民美术出版社　　[日]尾田荣一郎 × 滨崎达也 著　　周博颖 译

本作品纯属虚构，与现实中的人物、团体、
事件之间不存在任何关联。

航海王

ONE PIECE

FILM Z

蒙奇·D·路飞

"草帽一伙"的船长，想当上海盗王的少年。"橡胶果实"能力者。

罗罗诺亚·佐罗

"草帽一伙"的战斗员。目标是成为世界最强的剑豪，擅长使用三刀流。

奈美

"草帽一伙"的导航员。爱钱的鬼灵精，梦想是制作出一张世界的海上地图。

撒谎布

"草帽一伙"的狙击手。手很灵巧，擅长说谎和唬人。

山智

"草帽一伙"的厨师。想寻找传说中的"蓝海"，擅长使用足技。

托尼托尼·乔巴

"草帽一伙"的船医。吃了"人人果实"后得到变形能力的人形麋鹿。

妮古·罗宾

"草帽一伙"的考古学家。长年在黑社会生活，"花花果实"能力者。

弗兰奇

"草帽一伙"的船匠。改造了自己身体的改造人。

布鲁克

"草帽一伙"的音乐家。因为"黄泉果实"的能力死而复生，骷髅人。

库赞/青雉

"前海军"，"冷冻果实"能力者。与赤犬激烈对立后，离开了海军。

波尔萨利诺/黄猿

"海军"大将。"闪光果实"能力者，拥有可以驱使光的技能。

Z

"新海军"，被称作"黑腕捷风"的前海军大将，企图歼灭所有海盗。

艾恩

"新海军"干部。"还原果实"能力者，能够让碰触过的东西时间倒转。

宾兹

"新海军"干部。"生长果实"能力者。能控制植物。打扮成忍者的摸样。

目 录
CONTENTS

序 幕

1

大海在看着。
包括世界的开始——
包括世界的末路——
大海都知道。

所以它会邀人前往应循之道。
所以它会引人迈向正义世界。

男人本来优哉地哼着歌曲，但身上穿过一阵刺骨的疼痛，打断了他的歌声。

"唔……"

疼痛让坐着的男人稍稍地缩起了身体。

他的呼吸慢慢变得急促，表情隐藏在太阳镜下，看不出喜怒哀乐。

一个巨大装置在男人的右手上逐渐安装成型。

那是圆筒形的金属义肢，男子身上粗糙的人造肌肉，将覆盖于肩膀上的器具和他的身体连接了起来。至于肩膀上的器具则是以缆绳固定在他厚实的胸膛前。

启动。

义肢周遭配置成星形的复数圆筒一沉，机械手臂便灵活地开始行动了。

这是非常奇妙的景象。

义肢的作用并不是要代替失去的手臂，维持四肢健全的外貌，而是为了赋予他的右手全新的机能。

表面开了几个孔洞的散热板吱吱作响，男人举起义肢猛地往墙壁上一敲，声音霎时停止。

砰！

男人的臂部感受到了冲击。

每每呼唤他的总是这豪迈的炮声。男人站起身子。

星空下——

男人现身在甲板上，眼前是激烈的战场。

这是一场夜袭。

己方舰队火力全开，一发发地进行支援炮击。炮声连连，旋转炮塔接二连三地射出了炮弹。

热气、光线与火焰，为喧嚣的夜晚增添了无数光彩。

甲板上硝烟四起、烟雾弥漫。小型炮瞄准海岸轰炸，大型炮远距离射击的目标则是锁定位于岛上高台的某栋建筑物。

男人看着旗舰"白虎号"舰首的巨大冲角方向，注视着今天的敌人，毫不畏惧地指挥作战。

他光着上半身，披着一件貌似海军提督的外套。男人以前是军人——海军。但他已经抛弃那些过往了。现在他所搭乘的船舰上，并没有扬起在隶属于世界政府的为"伟大航线"带来"正义"的海军总部旗帜。

如今，海军是男人的敌人。

他现在要攻击的是一个形状宛如倒扣的碗的火山岛。

法乌斯岛。

这是一个没有任何村庄，不利于人居住的绝海孤岛。在这里，有个相形之下显得很突兀的大规模海军基地。

由熔岩构成的岩场在海岸构筑成天然城壁，敌阵并没有那么容易侵入。不过男人率领的军队，已经从岛上零星的几片沙滩开始登陆了。

登陆战将变成极其惨烈的血战。

敌我双方同时开火，霎时一阵阵轰震。双方士兵冲破了带来死亡的轰烟，激烈的肉搏战一触即发。

搭上了登陆小艇的男人，进入船底的兵员室后，一边听着交错的炮声，一边吸了口气。

"呼……"

他吸的不是烟，而是医疗用的吸入剂。他用左手拿起吸入剂，抵着嘴巴按下按钮。

嘶……他抬起下巴。

或许是吸入剂起了作用，男人的呼吸渐渐稳定下来。

他的身体晒得黝黑，是个海上男人。

戴着运动型太阳眼镜的脸上满是皱纹，他已经是超过七十岁的老人了。然而，结实的肉体依旧十分强健。常年锻炼的肌肉，看起来就像钢铁一般。

砰!

船身因为距离极近的炮击而摇晃了一下。

被留在狭隘兵员室的男人与其伙伴们，如今已是无处可躲的状态。

砰! 咚咚咚——

激烈的冲击接二连三袭来。

挂在墙壁上的装备散落一地。天花板上的灯具轰然掉落，让一个年轻士兵的衣服着火了。

那名新兵连忙想要将火熄灭。

——我们并不需要棺材啊!

老兵的笑声响起。

船板下，划开了一道黑浪。

这艘船已成为引渡船。虽然离那个世界很近，但离天国却很远，这是一艘直达地狱的"专车"。

然而——

听到这个战场上的声音，男人奋力站起。

"登陆战开始了吗?"

男人将手放在一脸害怕的年轻士兵肩膀上，向他问话。

"是……"

"这样的话，你也算是独当一面的海军了。"

登陆战才是考验海军真正价值的时候，因为那是最危险、离死亡最近的战场。

"像散花弹般乱撒的子弹根本打不中，那是因为我在这艘船上啊！"

将痛楚转换成力气。

将衰老转换成霸气。

男人仅摄取了微量的药剂，因为当他失去痛觉之时，也就是他死亡的时候。

船底掠过沙堆。

守门的部下转动铰链，船腹的升降门随之开启。

士兵们等不及门完全打开，便争先恐后地想往外冲撞。他们受不了在伸手不见五指的船舱里那些看不见的炮弹带来的恐惧感。

在一片慌乱的气氛中，男人缓缓地站起身。

——唔喔喔喔！

在激烈的呼啸声中，士兵们展开了突击。

大部队分散行进，冲向先遣队构筑起来的沙头堡。但尚未踏上陆地的士兵，对敌人来说都是绝佳的靶子，在敌方的狙击之下，已方遭受到严重的损伤。

尽管如此，还是要前进。

男人一踏上陆地，随即便确认了脚、下半身、上半身，还有装上义肢的右手状况，并高举起右手。

他的右手就像是装了座大炮似的，给人十足的重量感。那义肢看起来虽然笨重，实际上却十分精巧，组合好的机械零件能像手臂一样活动，义肢前端的三指爪更是精密灵巧，不只可以削铁成泥，还能轻柔地打碎鸡蛋。

"战斗粉碎机。"

这是他右手义肢的名字。
就连海军听到男人的名字，也会感到害怕吧。

因为，这男人是……
"噢啊啊啊！"
他用力蹬地——
只身朝着守护岛屿的海军部队冲去。

*

　　艾恩利落地躲过挥落的剑，一跃到了该名海军的身后。

　　她穿着卡其色的套装，下半身则是迷你裙搭配黑色丝袜，脚上套着高跟鞋，看起来就像内勤的女士官。

　　微卷的中长发晃了晃，她双手交叉在胸前瞪着敌人。

　　这名海军对她目中无人的态度愤愤不平。

　　他愤怒地劈头猛砍，不过却是招招落空。刹那间，海军的剑化为碎片。

　　短刀。

　　艾恩反手操着两支野战刀，接下来便是她大展身手的时候了。剑、矛、短枪，所有海军士兵们的武器都被她那磨得锋利的短刀破坏完了，她朝着敌人的防御阵地一路突围前进。

　　目标是海军在这座岛上守护着的东西。

　　艾恩很清楚那样东西的价值，夺走了那样东西，就代表了正式向海军与世界政府竖起叛变的大旗。

　　敌人的援军很近。

　　艾恩瞄了海军士兵们一眼。

　　这些人应该挡不住她吧。

　　"我愿意追随的，就只有老师而已！"

　　她根本不怕什么叛贼的污名。

　　要说有什么可以阻挡她的，也只有潜藏在她心底的迷惘而已。

　　艾恩舞着摧毁一切的短刀，在战场上奔驰着。

*

刃风卷起了海军士兵，将他们扫落到海面上。

为了支援伙伴夺取出海口的桥梁，一个穿着华丽、忍者装扮的人——宾兹，将敌人玩弄于股掌之间。

"生～长～吧～生～长～吧！"

他讲着奇怪的话。

宾兹扭动着身体，踩着节拍。明明是夜袭作战，但这位身材高大的男子还穿得光鲜亮丽，动作更是引人注目。他的举止虽然像小丑一样滑稽，表情却无比认真。

在桥的另一端，架好枪的海军士兵同时朝他射击。

"生长吧生长吧！"

结果——也不知道宾兹施展了什么忍术，只见他周遭生长出了草丛，并在转眼间长得巨大，变成了盾牌。枝叶宛如钢铁般坚硬，将子弹全部弹开。

看到这一幕，海军们觉得如同做噩梦一般，忍不住开始怀疑起自己的眼睛。

"混蛋！对方只有一个人啊！"

一个海军士官向前跨出一步，架起了火箭炮。

火箭炮的火焰划破了黑暗，拖拽着火光的飞弹命中目标，草盾中传出了哀号。

士官确认爆炸生效后，正想确认情况——这时突然有不明物体从烟雾中飞出。

是藤蔓。

宾兹高高跃起，躲过飞弹，在着地的同时在桥上向前飞奔。

"在下只向老师效忠！"

宾兹自由自在地操控着延长的藤蔓。一边借助着藤蔓保护自己，一边将敌人击倒并前进。海军的防御线终于被击破了。

*

男人挥舞着义肢，仅凭一击，就将整个海军小队彻底击溃。

"呜哇哇哇！"

由于义肢实在是太过沉重，连装着义肢的本人都因为后坐力的影响而失去平衡。他的义肢是为了毁灭敌人而打造的兵器。

既不需要技巧，也不需要技术，根本没有人可以挡住这个男人与他拥有的义肢的惊人力量。

　　一踏上桥，男人便凝视着丘陵上的海军基地。

　　男人正打算冲向保管着目标物品的场所，不料最后却被门卫挡住了他的去路。

　　那是两尊门神。

　　他们是两个巨人族，穿着海军制服的巨人。

　　身高超过十多米，根本是两座会移动的小山。只要他们手上的巨斧一挥，就连军舰也会沉没。

　　——唔噢噢噢！

　　巨人的咆哮震荡着山河，砸下手中的斧头——

男人则以右手应战。义肢如机械般开始一挡挡地猛力加速。

锵!

义肢与巨斧激烈交战着。
男人的双脚陷入石桥里，接着往下沉去——
"唔……啊啊啊!"
义肢将巨斧挡了回去。
男人将身高是自己好几倍的敌人给推了回去。挥舞着巨斧的巨人摇摇晃晃地往后倒，撞上他的同伴，跌了个踉跄。

"粉碎……"
男人压低了重心。
他汇聚力量，义肢一挥，对准敌人。
加速!
男人发出吼叫，举起义肢一跃而起。
他的义肢击中了巨人海军的胸膛。
嵌入巨人身体的义肢一挥，男人的右手便发射出宛如掷弹炮般的强大火力。

"粉碎短打!"

安装在义肢里的火炮顺势射出，巨人海军被炸飞了。
直接受到冲击的斧头巨人和同伴一起倒下，昏厥了过去。
发射过炮弹的义肢滑动了一部分，使用过的弹壳掉了出来。散热板再度吱吱作响。
身为海军基地最后防线的巨人族门卫，就这样被打倒了。

趁着这个机会，原本在桥边进攻受阻的己方士兵突破防线，终于侵入了基地。男人呼唤通信兵，以电话要己方军舰停止开火。

——喔啦啦啦！

就在这时候，被撞倒的另一名巨人推开昏倒的同伴，挂着剑站起身。

不过，男人当然不可能置之不理。

早已察觉到巨人行动的男人将右手往前一伸，义肢随即展现了新的形态。位于前端钢爪中心的炮孔口内部在点火数次后，马上喷出了火焰。

"粉碎Blaster！"

包围着火焰的狂风，化为横向的龙卷风从义肢冲出。

这记火焰弹的攻击，不仅卷起了持剑的巨人，还将周遭的敌人一同扫倒并击溃。

*

法乌斯岛的海军基地终于被敌人侵入。

擅使短刀的女人艾恩与忍者男宾兹担任先锋队长，一路突破防御。虽然途中零星发生过几次枪战，但海军部队如今已是兵败如山倒，因此他们在基地内并没有遭遇有组织的反击。

"老师……"

"唔。"

正好和艾恩、宾兹会合的义肢男（毁灭机），就站在门前。

他用左手敲了敲门，确认了材质。这扇铁门十分坚固，甚至可以称为装甲。由于十分厚重，即便是爆弹恐怕都难以打穿。

男人架好了义肢。

"啊啊啊！"

咕嘎！

机械拳头加速击中门之后，紧贴着门发出炮击。

这是特殊构造的高性能炸弹。炮弹内部爆炸后，会产生超高压的金属喷流，然后逐渐侵蚀铁门。

既然是门，也只好破坏门锁来打开了。门锁液化后的装甲门，轻

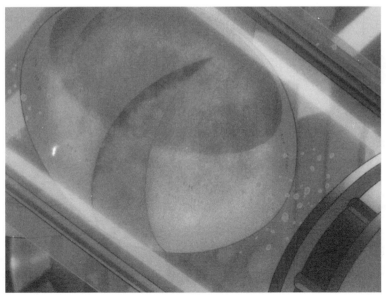

易地被敌人侵入。

门的守备如此严密，就代表里面有极为贵重的东西。

这里是保管库。

正对着门的一整片墙，堆满了六角形的小型容器，排列得犹如蜂巢一般密集。这些容器至少有上百个之多。

男人走过去，抓住容器的把手。

他从容器里拉出圆筒状的透明胶囊。

胶囊里灌满了溶液，溶液里有个拳头大小、像颗圆鸡蛋似的物体漂啊漂的，还带着诡异的光芒。

男人一下令，士兵们马上围住如蜂窝状排列的容器，开始搬出所有的胶囊。

2

夜里的海面闪过一道光之后，一艘刚刚攻击海军基地的船便被炸沉了。

耀眼的光线一阵乱舞。

一道道镭射光切断了船舰。

从保管库里回收了胶囊，撤退到基地外的艾恩与宾兹，看到己方舰队在面前一一被破坏，只能呆站在原地，目瞪口呆。

压倒性的光，压倒性的破坏，压倒性的压力。

"你们给我撤退。"

义肢男对两个干部说道。

男人重新戴上太阳眼镜。

他已经知道新出现的敌人的真面目。在这"伟大航线"上，只有一个人能操控那危险的"光"。

那家伙是海军的最高战斗力——

咻。

一道光闪过，基地随即受到密集轰炸。

男人用义肢挡住瞄准自己的镭射光攻击。镭射光朝四面八方扩散，被光照射到的墙壁和地板全被打穿了。

"唔唔唔……"

男人沐浴在夜空闪耀的星光及炮火下，摆出应战姿势，挺身忍受袭来的攻击。

在散乱的镭射光之中，一道影子慢慢具象化。

"嗨!"

眼前化为人形的敌人，突然间踢了过来。

"哇啊!"

男人也同时挥动义肢回击。这时，对面那影子双手画出了圆形。

"八尺镜……"

就在男人的快拳加速要击中敌人之际，对方再度化为光粒子，消失在半空中。

男人抬起头。

在星空下，被光芒包围显露身形的，是个穿着黄色直条纹外套跟海军披风的男子。其级别章显示他是一名总部大将。

"呵!"

海军大将一踢脚，轰出一道镭射光。

男人再度以义肢挡掉这波猛击。散乱的镭射光贯穿四周地面，掀起一阵尘土。

　　"老师！"

　　"撤退！艾恩，撤退啊！我们要遵从老师的命令！"

　　两名干部留下他们称之为老师的义肢男，率领抱着胶囊的士兵们撤退。

　　"唔！"

　　义肢的钢爪拨开地上的尘土，现出身形。

　　海军大将再度以光粒子的形态瞬间移动，降落在男人面前。

　　他的语气中带着敬爱之意。

　　"喔喔喔……好久不见了，老师。不知您来此有何贵干？"

　　略为黝黑的皮肤，长长的鬓角，杂乱的胡子，看起来是个历尽沧

桑的壮年男人。

"波尔萨利诺！我应该劝过你很多次了吧？不要过度依赖'闪光果实'的能力……"

这个名字再加上海军大将的头衔，你能想到的人就只有——

大将黄猿。

被称为海军最高战斗力的男人，是除了元帅之外最高位的将官。

黄猿——波尔萨利诺，是个吃了恶魔果实的能力者。"闪光果实"赋予吃了果实的人操控光，甚至让自己的身体也化为光粒子瞬间移动的能力。其力量之强大可以一目了然。

"您还是一样……"

黄猿漫不经心地回了一句。他的态度看似优哉，仿佛一点战意也没有，但手上却已经形成了新的武器。

"'天丛云剑'吗……"

男人摆出了应战姿势。

能力者实体化出来的光剑斩落。

"您还是一样严厉呢。对吧，捷风老师！"

"我早舍弃了那个名字……我现在是'Z'！"

"Z"。

男人报上自己的名字，伸出义肢挡住黄猿的"天丛云剑"。

两者的冲击划破了长空。

"喔呵。"

冲击刨开了地面。

彼此的一击力道之重，让双方都跌了个踉跄。黄猿不负"光"之名，轻巧地翻了个身。

相较之下，戴着太阳眼镜的老人——Z的动作则显得十分笨重，他一边承受自身义肢的重量，一边利用这股重量旋转身子，调整姿势。

"在腐化的海军中爬到了大将位子啊……黄猿，你是不是太得意忘形了？"

"我可不是来这叙旧的！"

Z以义肢挡住黄猿射出的镭射光，接着双手一挥，将其弹飞。

冲刺、交错——黄猿的"天丛云剑"朝着Z砍下，Z自光剑下反击，顺势往上挥拳。随着两人的战斗越来越激烈，海军基地也被破坏殆尽。

"唔喔啊啊啊！"

Z的义肢巧妙掠过"天丛云剑"，终于击中了黄猿。

"唔……"

圆筒形的义肢往后咔嚓一滑，炮声马上盖过了黄猿的声音。

零距离炮击。

人类的身体根本承受不住这一击，在炮烟之下，黄猿被炸成碎片——不过，被轰飞的他再度变成光粒子。

吃了被称为自然系的恶魔果实者，能够让自己的肉体自由自在地变化。比如说拥有烟雾的能力者能变成烟雾，拥有火焰的能力者能变成火焰本身。一般的武器几乎不可能打倒物质化或现象化的能力者。试想，有谁能够殴打烟雾或是火焰呢？

大将黄猿因为"闪光果实"的关系，自身变成了光。

根本不可能有人能够赤手空拳抓住光的！

"咳咳……"

Z突然跪倒在地上。

他以义肢支撑着身体，靠吸入器摄取药剂。

等到呼吸终于恢复正常时，黄猿也已经变回原来的样子，站在他的面前。

"真是不好意思呢……呵！"

"唔唔！"

即便面对的是个病人，但对于叛乱者是不需要给予怜悯的。Z以义肢挡下黄猿毫不犹豫、高高挥落的一记"天丛云剑"。

气势撼动大地。

光剑与义肢相抵，两人互瞪着对方，各自加重了力道。

"那么笨重的武器，绝对跟不上我的速度吧～"

黄猿依然泰然自若，宛如刻画出不变速度的光一样。

"真是的……您到底要拿'原动石'做什么？"

黄猿质问Z——这个他曾经称呼为捷风老师，年纪大上自己两轮的老人目的为何。

　　为什么要袭击海军基地？
　　为什么要从保管库里夺走原动石？

　　"黄猿……我以前就和你最合不来！"
　　义肢的机械动力弹开了"天丛云剑"，Z跟黄猿拉开了距离。
　　尽管太阳眼镜遮住了他的表情，但却掩藏不住他嘴角紊乱的呼吸。
　　黄猿露出桀骜不驯的表情，看着年迈的Z。
　　"好了，请把原动石……还给我们。"
　　"这个啊？"Z拿起藏在背后的胶囊，"据说原动石能与古代兵器匹敌……为了纪念我跟你的重逢……"
　　黄猿的表情终于失去了从容。
　　Z以义肢紧抓着胶囊。
　　"原动石会和氧气起反应而爆炸！"
　　胶囊出现了裂缝。
　　"请别开玩笑了……"
　　"你知道的吧……我从来不开无聊的玩笑！"
　　Z的气魄，让黄猿也忍不住往后倒退几步。
　　作为海军的最高战力的大将之一，是如此害怕这个圆形矿石。

　　咔嚓！

　　Z直接将胶囊捏碎，破裂的碎片与里面的溶液四散。
　　本来收纳在里面的圆形矿物——原动石，一接触到空气立即产生激烈的反应，迸发出的红光越来越亮。

"看我的……"

Z以义肢击向原动石。

黄猿化成一道光，正打算逃向空中时，原动石就在他的面前——

3

所有的光被吸收之后，法乌斯岛便出现了前所未有的大爆炸。

只不过几秒钟的时间，原动石产生的热焰便吞噬了基地，然后一瞬间膨胀，覆盖住整座岛。

将装有原动石的胶囊放上船，正打算要离开的艾恩与宾兹转头看着岛上。

"啊！"

"Z老师！"

光芒过后，迟来的冲击波袭向了舰队，艾恩、宾兹以及士兵们只能趴在甲板上忍耐着。

*

躲过原动石热火球极大范围的攻势后，光再度描绘出形状。

黄猿出现了。

他从上空确认了出现在法乌斯岛喷火口的新连锁爆炸——火山活动。

"伤脑筋啊……第一个'终结点'被破坏了耶。"

只是一个原动石爆炸，就可以诱发岛上的火山活动。

黄猿抠了抠脸颊，脸上的表情似乎是认为大事不妙了。

*

有个人骑着脚踏车经过海边。

"哎呀呀呀……"

他踩着脚踏车，行驶在出现于海面的一条结冰路上。

天上开始下起了瓦砾和灰雨。不久前还是海军总部大将的男子，直盯着出现在黑暗水平线上的岛影，岛上此时还在喷火。

那座岛是第一个"终结点"。

"真是的，海军到底在搞什么啊……"

这是Z叛乱的开始。

而世人还不知道，"新世界"即将面临灭亡的危机。

第一幕　他的名字是Z

1

这场赏花的宴会十分热闹，充满朝气。

樱花的花瓣舞落在甲板上。

戴着草帽的船长（橡皮人）在肚子上画了一个奇怪的脸，正在表演肚皮舞，看起来心情很好。咻——他伸长了手臂，抓起甲板另一端的烤鸡，一口解决掉。他的肚子像吹气球般越来越大。

"喵！来吧！"

负责演奏赏花音乐的，是戴着猫耳朵帽子的音乐家（骷髅）。他用华丽的手法弹奏着吉他，竭尽所能地炒热派对气氛。

"呼……边赏花边喝酒，真不错……对吧？乔巴。"

坐在垫子上的三刀剑士，已经喝完了一瓶一升装酒。

"对啊！边赏花边喝牛奶也很不错喔！"

小个子的船医伸出蹄子，拿着牛奶瓶津津有味地大口喝着。虽然装扮成牛的样子，但他其实是麋鹿。

"♪～"

在一旁声援的则是——打扮成樱花树人的铁人（改造人）。这个改造过自己、只穿一件红白泳裤的变态，用电风扇将假的樱花吹得四下飘散。

"樱花～樱花～以～为～是～樱～花……结果是我！超级棒！"

戴着粉红色爆炸头假发的船匠（弗兰奇），摆出了招牌姿势——明明扮的是树却动了起来，这就是人面树，大家都爆出了喝彩。

伙伴们齐聚一堂的宴会，就是如此快乐而喧闹。

就在这个时候，一阵诡异的烟雾逐渐包围住他们的船"阳光号"。
"呕……"
乔巴的牛奶瓶掉在地上，露出痛苦的神色。

"怎么了，乔巴！"
"呕……有一种毒药的臭味！呜哇～这是剧毒啊！"
"你被下毒了吗？"
"乔巴！到底是谁下的毒？"
伙伴们着急地围在乔巴身边。船医要是病倒的话，要找谁来治疗啊！
"被下毒……我想起来了。"
"布鲁克？"
"接下来，为您带来一首……《下毒》～♪"
骷髅男布鲁克站在转过头来看着自己的伙伴面前，单手拿着吉他，开始表演他的新歌。
"你还唱歌啊！"
樱花树弗兰奇马上吐槽。
"话说回来，酒的味道也很奇怪……等一下，是因为它本来就比较烈，所以才会是这种味道吗？"
佐罗喝了口酒，皱起眉头。
"啊！"

　　草帽船长（路飞）抬头注视着甲板上的小花园。

　　那里本来是导航员（奈美）的橘子园。最近那个长鼻子的狙击手借用了橘子园一部分的空间，开始很有热情地研究起园艺。

　　"他们总是这么热闹……"

　　正在花坛浇水的考古学家妮古·罗宾露出了微笑。

　　长鼻子（撒谎布）在屋顶上的花圃，仔细地照顾着他的宝贝植物绿星。他正在处理播种时最重要的步骤，一脸认真地对着嫩苗喷洒液体。就是这阵烟雾飘到了甲板上。

　　"来吧，可爱的绿星，尽情地生长吧！害虫杀手撒谎布会用这个农药保护你们不受外敌侵害！"

　　"原来你就是犯人啊！"

正在开宴会却被泼冷水的伙伴们，异口同声地对着撒谎布吐槽。

接下来，"草帽一伙"的宴会仍然继续进行。

"我是樱花盛开线，正在慢慢北上中～♪"

"路飞先生，樱花盛开线呀！赏花时节要结束咯！"

"等我呀～樱花盛开线！"

"还是南下好了，南下中～♪"

"呜哇！改变路线了！"

"喂，路飞！干吗打翻酒啦！"

"你这家伙还真好玩啊！"

男生们追着变成樱花树的弗兰奇，在甲板上嬉闹。

"真的很吵呀……那些家伙就不能优雅点，好好享受一下吗？"

穿着泳装，躺在甲板躺椅上的导航员奈美不高兴地说道。

回想起来——

从颠倒山开始的"伟大航线"的航海生活，一直都是充满着冒险与危机。迎接新的伙伴，更换船只，在旅行过世界半圈之后，"草帽一伙"的旅行面临了新的局面。

胜利与失败。

在夏波帝诸岛，"草帽一伙"遭遇了惨败与离别。之后在玛林福特，传说的海盗四皇"白胡子"与海军总部，爆发了"顶上决战"，于是世界无视每个人的意愿，将众人推向下一个舞台。

两年之后。

"草帽一伙"重逢，他们的冒险从潜入分开世界的"红土大陆"开始，穿过鱼人岛，前往尚未见识过的另一个半球。

不知是否能抵达终点的"伟大航线"后半部，一般称为——

"新世界"。

"喂，你们很吵呀！真是的……对吧，奈美?"

有着帅气眉毛的金发厨师，恭敬有礼地拿了一杯饮料，递给躺椅上的奈美。

"山智，谢谢你！我还想吃点甜品。"

"好！没有问题!"

"喂，山智！我也要吃甜品！还有肉!"

"我也想要吃甜品～"

"还有我!"

"我还要可乐!"

"喂，酒不够了。"

"我也要吃甜品!"

厨师山智对那些任性追加点菜的家伙大声呵斥——

"少啰唆！你们这些臭家伙！拜托别人的时候要用敬语，笨蛋！我可是为了淑女而生的呢……嗯?"

山智说到这里，突然回过神来。

不知不觉中，像是白色粉末的东西开始飘落在甲板上。

"是雪呀!"

乔巴大叫着。

"不……一点都不冷，这不是雪。"

飘落在佐罗手掌里的白色粉末并没有融化。

奈美在肩膀披了一件毛外套，从甲板的椅子上站了起来。

天空不知何时被黑云覆盖住。

"这是……火山灰。"

"火山?"

所有的伙伴们都移动到船头。

导航员奈美伸直手,让戴在手上的三个记录指针呈水平状态。

在"伟大航线"上航海时,方位磁石是派不上用场的,必须使用被称为记录指针的特殊指北针才行。一般的方位磁石都是指着南北,而记录指针只会指出目的地的岛屿,这是在航海旅行中看不见的救命索。

但在"新世界"里,就连唯一的路标——磁气也不见得能够依赖。因此,携带三个记录指针确保路线,就是航海的常识。

奈美手上的记录指针里,有一个摇晃得特别厉害。

她看着前方。

风带来的火山灰犹如一条长带,自水平线的彼端飘来。黑云之中，还闪着小小的雷光。

"唔……总觉得好不舒服喔!"

乔巴扭着身体，开始动来动去。

"应该是火山灰跑进毛皮里了，我们待会一起洗澡吧。"

罗宾摸了摸乔巴的头。

"洗澡?"

"一起洗澡?"

山智跟布鲁克反应的速度比音速还快。

"今天不是洗澡的日子啊……嗯，不过我要洗，真的超级不舒服。"

乔巴是一头麋鹿。

以人类来说的话，大约是十七岁。他是吃了"人人果实"后，才得到了人类体能的麋鹿人。被称为动物系的恶魔果实，其能力的共同点就是变形能力。除了原本麋鹿外表的兽形形态之外，乔巴现在也能变化出其他几种形态。

尽管如此，他的心智仍然和麋鹿相同。所以，即使要跟如此充满成熟魅力的黑发美女一起洗澡，他也不会像个健全的青少年那样冒出桃色的烦恼。

"我也要!"布鲁克举手，"我也可以跟罗宾小姐一起洗澡吗? 因为，你看! 我的脸也很恶心哈! 哟吼～哟吼～哟吼吼吼～～～"

明明是自己提出这个自虐的梗，布鲁克却越来越沮丧。因为，他看着镜子，发现自己的爆炸骷髅头已经被火山灰染白了。

布鲁克是真正的活骷髅，目前九十岁。他在三十八岁的时候曾经死过一次，因为"黄泉果实"的能力而复活，一生过得波澜起伏。由于死后化为鬼魂时，他花了很长时间寻找自己的肉体，等到好不容易复活，肉体也已经化成了白骨。

"不要讲那种会让自己受伤的话啦。"

伙伴们都一脸受不了的神情，开不成玩笑反自黑，可是很棘手的。

"呦吼吼……一起洗澡吧。"

"我才不要！"

被罗宾冷冷地拒绝的布鲁克，当场无力地倒在地上。

"喂，奈美……你察觉到什么事了吗？"

铁人弗兰奇询问正在望着黑云动向的导航员。

至于为什么会有火山灰突然飘落……

"本来指着火山灰飘来那个方向的记录指针，现在居然开始不规则地摇晃。如此奇怪的状况……"

就像是迷了路的孩子一样。

"迷路的孩子……这是怎么一回事？"

"比如说，让这些火山灰飘出来的爆炸，同时也将整座岛给毁了……"

如果刚刚有个大型的火山喷火让整座岛塌陷，甚至也会让磁石都失灵。

"怎么可能！"

"这里可是'新世界'啊！"

"没错，你这个樱花机器人就在美丽的奈美小姐面前凋落吧！"

山智递了一杯茶给奈美。

"谢谢。"

奈美喝了一口杯中的红茶。

不论如何，一旦记录指针出现异常，就代表那座目的地的岛屿发生事情了。

"接下来，奈美……绝对不能让那个男人看到你的指针喔。"

撒谎布对奈美说道。

"没错……选择安全的航道，保护船员的生命，正是导航员（我）的工作……"

"喂！那根针动得很有趣啊！"

"噗!"

奈美听了不禁喷出嘴里的红茶。

她转头看着站在自己身后——戴着草帽的船长。

"路飞!"

糟了，被看到了。奈美跟撒谎布抱头呻吟，但已经太迟了。

路飞闻到了冒险的味道。

"嘻嘻嘻，我们就去那里吧!"

路飞爬上了船头的狮子像。

"路飞，等一下! 你听我说! 根据奈美的说法，这个火山灰……"

"喂～各位! 我们决定好航路咯! 准备前进!"

路飞发号施令。

"指针摇晃个不停，我们根本不知道岛在哪里啊?"

撒谎布发出呻吟。

"弗兰奇！左舷二十度！"

"左舷二十度！遵命！"

在导航员的指示下，伙伴们移往舵轮或帆柱，各就各位。

"喂！奈美……"

"我可是导航员呢。"奈美回答了撒谎布的疑问，"一旦决定要去，不管是天涯海角，我都会带你们去……路飞，警备的工作就交给你咯！"

听到奈美的话，人在船首的路飞马上回了句"包在我身上"。

"这样选航路真的好吗？在'新世界'里的三条航路中选一条走，可是攸关生死的大决定啊！"

"虽然不知道会发生什么事……不过，你就做好心理准备吧，撒谎布！"

因为，路飞是我们的船长。

船头的狮子像搭载着伙伴们的心意，"阳光号"扬帆一路前进。

2

发现了遇险者！

沿着火山灰前进的"阳光号"，遇到了大量的漂流物与一个抓着木板的遇险者。

"啊啊！他要被卷走了！"

"交给我吧！"

海流十分湍急。路飞朝着与船擦身而过、即将漂走的漂流者伸长了橡皮手臂。

然而——

路飞一抓住装在漂流男子手上的金属筒状物，表情立刻大变。

"路飞？怎么了！"

"我好像……没有力气了……"

一看到船长全身瘫软无力的模样，撒谎布与山智连忙上前帮忙。

"嘿哟，嘿哟……"

"还不能放手喔！"

路飞抓着那名遇险者，尽可能地以橡皮手臂将对方拉近船边。

"嘿哟～"

他们同心协力地将遇险者拉到船上。

路飞的橡皮手臂就这样瘫在地上，他整个人都累坏了。

在船上的医务室里——

船医乔巴拿着听诊器，正在帮被救上岸的遇险者诊疗。

"这老爷爷的块头还真大呢。"

"怎么样？他还活着吗？"

山智与撒谎布开口询问。

这位老人看起来似乎已经超过七十岁，身形却比草帽一伙的任何人都还要高大，他的脚甚至还跨出了床板。

"他只是昏了过去，并没有性命危险。不过，这个老爷爷的心脏跟肺部都很弱呢……"

"你该不会又捡了什么麻烦人物回来吧？"

爱操心的奈美一脸担忧的表情。眼前这个人虽然是老人，体格却十分健壮，看起来不太正经，是个戴着太阳眼镜的肌肉大块头。

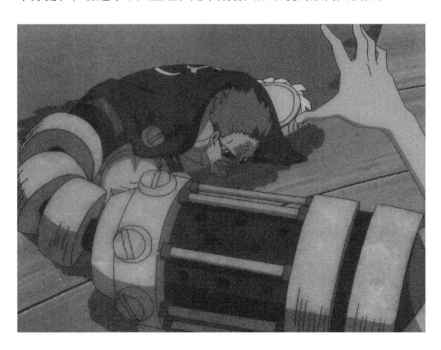

"——他强悍的身体上布满伤痕，而且这右手的义肢……一看就知道不是简单人物。"

义肢的前端看起来是个炮口，与其说是机械手臂，更像是武器。这跟铁人——弗兰奇是一样的。

罗宾轻轻地伸出手指，碰触了一下遇险者的义肢。

"嗯……"

她才刚碰到圆筒形义肢前端的大钢爪，就一阵头晕眼花。

罗宾盯着自己的手看，然后对奈美说道：

"这果然是海楼石做成的。"

"咦……"

罗宾以自己的身体尝试，得到了这样的结果。她也是能力者。

恶魔果实的能力者有一个共同的弱点，那就是万一掉落海里的话，没办法靠自己的能力浮起来，会溺水。如果直接碰触到海水，就会无法发挥能力。光是指尖碰一下海水，身体都会起变化。

罗宾所说的海楼石，是拥有一切大海特质的贵重矿石。

简单来说，海楼石就像个固体化的海。恶魔果实的能力者如果直接碰触到海楼石，就跟落入海里的情形一样，会失去能力，变得不堪一击。

"所以路飞碰了才会失去力气啊？"

同样是能力者的乔巴，小心地不去碰触到男人右手的义肢。

"居然把海楼石打造而成的武器装在手腕上……"

"真的好帅哦！"

路飞、撒谎布跟乔巴三人异口同声地说道。

"重点不是那个吧！"

"奈美说得没错！散发着与大海同样能量的海楼石……这可是为了要解决你们这些能力者所做出来的武器啊！"

山智也对奈美的话表示赞同。

这个人也许是敌人。

奈美担心的事情发生了。毕竟没办法证明这个人是友方。在"新世界"里，大意可是通往死亡的单程车票。

"这个……拿不下来呀。"

山智试着将义肢从男人手上拆下来，但最后还是放弃了。

"那么烦恼的话，就把他给丢了吧。"

"这我可做不到！"

听到佐罗冷漠的提议，乔巴回头反对道。

"可能等你将他治好的时候，你就会被杀了。"

"唔……"佐罗说的话对海盗来说，是再有道理不过的了。乔巴显得有些害怕。"但是！我是医生！我不能见死不救！"

伙伴们都感到困惑。

船上的伙伴们，在海上是生死与共的。只要一个判断错误，所有人都可能有生命危险。

"治好他吧，乔巴！"

船长开口了。

"路飞？"

"如果他真的是敌人，我会把他打得远远的。这样就行了吧？"

听到路飞这么可靠的话，乔巴点点头，露出了笑容。

"算了……我们是勇敢的海上战士嘛，这是应该的。"

撒谎布二话不说，顺着路飞的话回应。

"你们真的想得好简单啊……哎～我总觉得这下惹了个大麻烦……"

看到路飞一脸轻松的模样，奈美忍不住垂下了肩膀。

"你不觉得很兴奋吗？"

"我才不想为这种事情兴奋！"

*

在医务室接受治疗的遇险者，过了一会儿之后醒来了。

"路飞！他醒了哦！"

"嗯嗯……看来是呢。"

路飞回应着乔巴，仔细打量躺在床上的男人。

床都被压弯了，可见右手的义肢不是一般的重。

遇险的男人眨了眨眼睛，意识好像终于清醒了，他慢慢地看向医务室四周。

"没事吧？你刚刚好像做了噩梦呢……不用勉强起来哦。"

乔巴亲切地安慰着病患。

"嗯嗯……"

"你还记得，自己之前在海上漂流吗？"

男人看着戴草帽的青年，轻声地笑了。

"喂，臭厨师。"

"你好啰唆啊！我知道啦，臭绿藻头。"

佐罗的手放上了刀鞘。山智则是重新把鞋穿好，在地上踏了几下，准备随时踢人。

——他们捡了个大麻烦回来。

两人都了解，这个男人不是普通的遇险者。

"医生……谢谢你帮我疗伤。"

"我叫乔巴！"

"乔巴医生，你是个很棒的船医！"

"你这家伙！就算你称赞我，我也不会高兴的哦！"

脸皮薄的麋鹿扭动着身体，看来非常害羞。

"你是这艘船的船长吧。"

男人看着路飞，路飞露出了微笑。

"看得出来啊？"

"那当然。我培育过很多年轻人，我可是很会看人的。"

"是吗……大叔，怎么样？需不需要我们送你到下一座岛去？"

"我有生命纸，伙伴们应该会循着那个来找我吧。他们……就快
到了。"

生命纸是一种混着指甲，用特殊方法做出来的纸。将这张纸放在

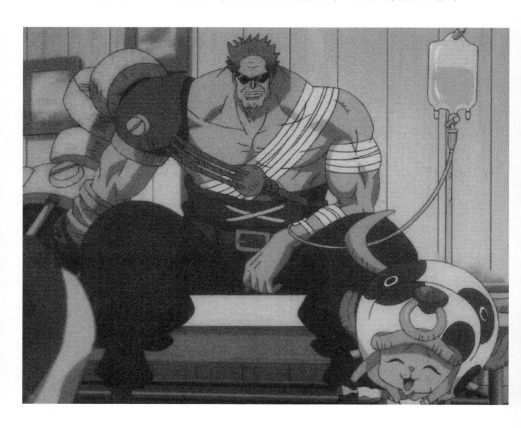

平坦的地方，生命纸就会循着指甲主人的方向缓缓晃动。只要撕下生命纸，将它交给别人，就能够告诉对方自己所在的位置。

"大叔！你那个武器好酷喔！"
"哪里有卖啊？"
路飞跟乔巴对男人的右手很感兴趣。
"唔……这是以前我被一个臭海盗砍断右手时，海军中的疯子科学家帮我装上的。这叫'战斗粉碎机'……以恶魔果实能力者的弱点海楼石制成的钩爪，可以夺走恶魔果实能力者的力量，用强大火力瞬间将对方击溃。"

男人站起身，举起义肢（粉碎机）。他一边动着前端的三根钩爪，一边摆出帅气的姿势。

"好帅喔！"

乔巴以蹄手戳了戳空牛奶瓶，学男人喊了声："粉碎机！"

"这东西我可不推荐给医生喔，太重了。没有专用器具还拆不下来，一旦跌进大海里就糟了。"

就算游泳技术再厉害，恐怕也没办法戴着这么重的义肢游泳吧。

"大叔是海军吗？"

"不是……我年纪太大所以退役了。现在在做其他事情。"

男人回答了路飞的问题。

"什么事情啊？"

"我在为自己立下的信念而战斗。"

"你在跟什么战斗？"

"哼，"男人靠在墙壁上，"我觉得自己好像在被审问一样呢。"

"抱歉啦……如果大叔是海军的话，对我们双方来说可都不是好事情呢。"

路飞回答的同时——佐罗跟山智也已经预想到接下来会发生的事。

"如果我是海军的话……会有什么问题吗？"

"因为，我们是海盗啊！"

在路飞说完这句话之前，男人——Z便采取了行动。

医务室的门被打破了。

被轰进餐厅的路飞撞到了一堆椅子，跌落在地上。

"好痛！海楼石的拳头还真强啊……"

路飞按着挨打的脸颊。看来即使是不怕任何打击的"橡皮果实"

能力，碰上了以海楼石做成的武器也会失败。

"路飞！"

乔巴跟其他伙伴们也接连聚集到了餐厅里。

老实说，佐罗跟山智都很震惊。

他们并非没有警戒，路飞也早有准备，但这个遇险者——义肢男的速度却远远超出了他们的预期。

"戴草帽的小子……你为什么要当海盗？"

出现在餐厅里的Z质问路飞。

路飞擦了擦嘴角，站起身，双眼直视着男人。

"因为，我要当海盗王！"

听到这句话，男人突然睁大了太阳镜下的眼睛，他握紧了义肢的钢爪。

"海盗王……海盗王是吧！"

"！"

这句话像是点燃了男人的怒气，Z突然充满了杀气。

义肢使出了加速拳——但路飞可没傻到会连挨两拳，他没有选择赤手空拳地接下这一拳，而是往旁边一跃，不顾礼节地跳上了桌子，躲过了男人的拳击。

"唔唔！"

于是，Z将路飞连同桌子一起掀了。

"不要在厨房里乱来！"

山智在此时介入，Z以义肢挡住他的飞踢，将他弹了出去。

紧接着，佐罗的刀也跟着挥落。

"唔！"

"唔唔嗯！"

面对左削右砍的二连斩，Z以义肢挡住佐罗的刀子，左手的掌底对佐罗的脸砸去——但这招的动作太大了。

佐罗往后飞退，跟Z拉开了距离。

山智绕到了敌人后方，路飞爬起身，越过两人，往前施展招式。

"啊～～～"

在路飞的预期中——突击的橡皮拳会从Z的左边一路往右绕过去，然后直击义肢的死角。但是，Z却只用左手就简单地化解了橡皮拳。

"那个大叔很强呢！居然能够一次与他们三个对打！"

乔巴十分惊讶。

路飞、佐罗、山智三人连番进攻，Z被逼到了墙边，挥出义肢用力往吧台一扫。

"布鲁克！我们也上吧。"

"好！"

撒谎布手持爱用的弹弓"黑兜"，出声呼唤音乐家骷髅剑士。

咕咔！咔咔咔！

这时，"阳光号"因为一股冲击力道而开始摇晃。

"草帽一伙"失去重心，摇摇晃晃，抓紧身边的东西，跪倒在地上。

"……终于来了吗?"

Z处之泰然地转过头。

门外，一艘大型船舰撞上了"阳光号"。

3

"白虎号"。

冠上白虎之名的船舰，是在Z的标志下聚集的舰队旗舰。

两船已经接舷，一个女人从"白虎号"跳到了"阳光号"的甲板上。

"我是'新海军'副提督中将艾恩！现在向你们海盗船宣告……我们新海军已经包围了你们，不要抵抗，那只会让你们缩短性命而已！"

"新海军……"

奈美喃喃自语。

号称新海军的舰队，包围住了"阳光号"。

"啊呜！啊呜！你们说不抵抗我们就决定不抵抗……世界上哪有这种乖乖听话的海盗啊！"

掌握舵轮的弗兰奇往前一站，一副准备上场的样子。

女提督（艾恩）往后退了一步。紧接着出现的是一个打扮华丽的忍者男（宾兹）。

宾兹以忍者的身法闪过了铁人弗兰奇的钢铁拳。他的速度飞快，令人难以跟那巨大的身体联想在一起。宾兹在空中一翻，跃过弗兰奇身后，在铺着草皮的甲板上着地。

"生长吧！生长吧！"

宾兹扭动身体，开始跳起生长之舞。

接着——大量的绿草从中央甲板长了出来。

"那是……恶魔果实！"

罗宾大叫着。

"这就是'生长果实'的能力！生长之舞可以操控所有的植物……嘿嘿！"

"什么……这是怎么一回事啊！"

弗兰奇大吃一惊。

草皮呼应生长之舞，突然长成了两三厘米高，然后变成绳子，缠住了铁人的身体，将他勒紧。

"二轮花……"

罗宾也加入了战局。

身为"花花果实"能力者的罗宾，能够让身体的任一部分在她想要的场所，自由自在地长出双手——宛如"开花"一般。

罗宾本来想用长出来的两只手臂抓住忍者男，但他却瞬间消失在罗宾的视线范围里。

"生长……"

罗宾再度生出双手，想要抓住站在背后栏杆上的宾兹。但敌人移动的速度比她更快。

"速度太快，根本对不准……"

生长生长，生长生长。

宾兹在无法动弹的弗兰奇身上跳舞。于是，草皮长得更加茂盛，完完全全地包覆住弗兰奇的身体。

"唔……我不能呼吸了！"

弗兰奇尽管是改造人，但本质还是人类，不能呼吸令他陷入了大危机之中。

"糟了!"

在后甲板观看战况的撒谎布、乔巴跟布鲁克，赶紧跳下来想要帮忙。

"不能下来草皮这里!"

罗宾出声呼喊，不过为时已晚。

跳到中央的三人，随即被因生长之舞影响而迅速成长的草皮给抓住了。

"哇嘿!"

宾兹鼓起干劲，草皮立刻将三人缠得更紧，让他们发出了惨叫声。

*

餐厅里，一对三的激斗依然持续进行着。

Z挨了路飞一拳，义肢撞上了吧台。钢爪部分的机械启动，开始旋转。他使出旋转飞拳，海楼石制成的钢爪毫不留情地减弱路飞的防御，将他的橡皮身体给揍飞了出去。

万一被抓到的话就完了。

能力者一旦失去力量，应该会被那义肢给捏扁吧。在这个狭窄的空间里，路飞的能力根本无法好好发挥。

"呵!"

既然如此，便换佐罗上场。他手持大快刀"秋水"及妖刀"鬼彻"，左右开弓地朝Z斩去。

火花四溅。

佐罗的斩击连铁都能削断，现在却被海楼石的义肢给弹开。刀和钢爪激烈冲突，论力量与体格是Z占上风。被压制住的佐罗，只能以双刀交叉呈十字状，用臂力与之抗衡。

轧——

佐罗巧妙地避开Z的力道攻击，他使双刃沿着义肢往上攻，目标是Z的肩膀，但是却被震开了。

"喊……"

"外面看起来也很不妙呢。"
"一口气解决吧！"
佐罗、山智和路飞从三个方向包围住Z。

*

奈美对上女提督艾恩，果断应战。
"唔！"
她弹开艾恩锐利的短刀攻击，与其保持距离，等待反击的机会。
伙伴们——被那个忍者男的能力所擒，现在在外面战斗的只剩下奈美跟罗宾。身为战斗主力的路飞等人，则是在餐厅里和义肢男缠斗。
"天候棒！"
奈美手持的棒子前端，出现了气泡。
她的天候棒在气象科学的空岛国家维萨利亚经过研究强化后，威力已经不可同日而语。拥有"魔法天候棒"的奈美，现在具备了惊人的战斗力。

察觉到危险的艾恩往后退。
"突风剑！"
气流之刃挥落。

同一时间，艾恩投出短刀，踏上甲板，瞬间跟奈美拉近了距离。她踏进天候棒与奈美之间的空隙，伸手搭上了……奈美的腹部。

"还原还原。"

"啊……"

艾恩念念有词，奈美的身体顿时间出现变化。

女提督的手掌闪闪发亮，不可思议的光芒包围了奈美全身。

"啊啊！"

"奈美！"

甲板上的伙伴们齐声大叫。

导航员穿着的毛外套，"啪啦"一声掉在地上。

奈美她——

不见了！

"你……你到底对奈美做了什么？'重量强化'！"

动物系能力者的乔巴迅速变形。他打算利用重量与体格的变形，将绑在身上的草皮扯开。

"还原还原。"

但是，艾恩没有放过他。她伸出发光的手搭上从草皮脱身的乔巴，再度吟诵刚刚的咒语。

结果，连乔巴也被不可思议的光芒包围，刚变形的巨大身体瞬间消失。

"乔巴先生……唔唔唔！"

紧接着是布鲁克。被草皮困住的骷髅男无计可施，只能乖乖地被艾恩放出来的光芒所包围。

"还原还原。"

"不行，请住手……呀啊，不行，啊～～～"

"六轮花……"

这时，罗宾采取了行动。

她运用六轮花的能力，扯开了覆在弗兰奇脸上的草皮。然后，又在刚好碰触到布鲁克的女提督背后，长出自己的手。罗宾是关节技的能手，她打算利用'花花果实'的能力束缚住敌人。

"你也是能力者吧……你对奈美跟乔巴做了什么？"

罗宾大吼着，就在这个时候——

"啪啊！"

掉落在甲板上的奈美的毛外套，突然膨胀起来。

藏在毛外套下的是——

"奈美？"

"罗宾！快解除'花花果实'的能力！"

奈美放声大喊。至于罗宾则是——被奈美全然不同的外貌给吓了一跳，反应慢了一拍。

"还原还原。"

"啊啊……啊啊啊啊……"

一百八十八厘米的罗宾，身体逐渐缩小。

原本风韵十足的成熟轮廓，逐渐变成了纤细的少年身材。不仅上半身穿着的毛衣松松垮垮，衣服的尺寸也变得完全不合适。

目睹这令人难以理解的情况，"草帽一伙"全都哑然无语。

"我是吃了'还原果实'的还原人，只要被我的光接触到，不管是什么东西都会回溯十二年的时间。妮古·罗宾……你现在是二十……十八岁左右吧。"

艾恩说道。

"还原果实……"

“十二乘以二……再回溯二十四年的话，我就能抹去你的存在。”

“我的身体怎么会这样!”

“呜哇～我变得好小喔!”

奈美跟乔巴同时发出了惨叫。

两个人都变得十分幼小，小到整个身体都被埋在原来穿着的衣服里。

据艾恩所说的计算方式，现在的奈美八岁，乔巴以人类的年纪来算大约只有五岁，根本是个麋鹿宝宝。

“至于那边那两个人，我再摸一次，他们就会消失了。”

操纵时间。

这种类型的能力并不具备强大的破坏力，但应对起来却是极为棘手。只要被碰触到两三次，就会因为太过年幼而无法战斗，甚至连存在本身都被抹杀掉。

*

“粉碎短打!”

加速过的拳头击中了路飞的脸。

环形的炮身滑动，射出炮弹。路飞因为海楼石的关系，导致橡皮人能力全失，在零距离的情况下遭到大炮直击。

餐厅的窗户、门扉，都从内侧被暴风轰飞。

从船室被甩出去的佐罗撞上了帆柱，山智则是摔到甲板边上。

掉到中央甲板的两个人，马上就被宾兹“生长果实”的能力给抓住。

“这种程度就想当海盗王啊……别笑死人了!”

自烟雾中出现在后甲板上的，是戴着太阳眼镜的老人——Z。

"我没有……力气了……"

被海楼石抓住的路飞痛苦不堪。

"就这样把你给捏扁吧……报上名字来！"

"……蒙奇·D·路飞！"

Z看着这个光是挤出声音回答都很吃力的草帽海盗，像是突然想起了什么似的。

——"D"。

"你是卡普的孙子啊……"

他认出路飞是两年前就惊动世间的新人海盗，悬赏金应该是四亿贝里。

蒙奇·D·卡普被誉为"海军的英雄"，是备受推崇的中将，以他的实力，照理说要被列入海军总部大将之一，但为了自由自在地在第一线战斗，卡普再三婉拒了升职。

Z如果还在海军的话，跟卡普几乎是同一个时代、一起战斗的同志。

而蒙奇·D·路飞是"革命家"多拉格的儿子——"海军的英雄"卡普的孙子一事，在两年前整个"玛林福特顶上决战"时公开，成为举世皆知的事。

Z将路飞扔在地上。

路飞的身体撞上草皮，剧烈地弹了几下。

"幸好您没事。"

"老师!"

艾恩与宾兹来到了在后甲板的Z身边，他们靠着生命纸，找到了Z的所在位置。

"艾恩、宾兹……同时开炮，将这艘海盗船给击沉。"

Z发号施令之后，三人回到了他们的旗舰"白虎号"。

"路飞!"

"你没事吧!"

变小的小奈美与小乔巴很担心他们的船长。

"唔唔唔……"

路飞不是以橡皮人的力量——而是以原本的肉身承受大炮的冲击，当然不可能没事。但他还是站起身，瞪着走回"白虎号"的义肢男的背影。

那强健宽大的背部，刻着Z的标志。

"我是新海军总帅Z……本人Z要消灭掉所有的海盗！"

——消灭掉所有的海盗。

Z言出必行。

"白虎号"在拉开距离后，用并排在炮列甲板上的大炮一起朝"阳光号"射击。

此时动弹不得的"阳光号"就像箭靶一样，吃下了所有的炮击。即便它是坚固的宝树亚当的木材所打造的船只，也无法保证能一直撑下去。

"可恶……等一下！我们要一决胜负！我们还没分出胜负来啊！"

路飞大吼着。

不过，回应他的只有炮声。自称新海军总帅的Z的舰队慢慢地驶远，同时还打算将海盗船击沉。

"唔喔喔喔！阳光号！"

目睹心爱的船遭此毒手，船匠弗兰奇不禁放声大哭。

他仰起身子扭动身躯，但因为"生长果实"的能力而生长出来的草皮十分坚韧，怎么也扯不掉。

奈美跟乔巴虽然想帮伙伴将草皮剪开，只是连改造人的力量都弄不断的东西，光凭小孩子的力量是无能为力的。

"路飞！撤退吧！"

罗宾催促着路飞。

"唔唔唔……"

路飞咬着牙，他无法忍受这种半吊子的败战。

不过再这样下去，船肯定会被击沉。他身为船长，必须做出决断。

他们得撤退了。

在枪林弹雨中，路飞抓住绑着弗兰奇的草皮开始撕扯。

"弗兰奇！撤退！"

"呵啊！超级！"

有了路飞的帮忙，弗兰奇终于从草皮的束缚中挣脱。他比出多余的姿势后，冲向前甲板的舵轮。

"呜喔喔喔！"

路飞施展橡皮踢，尽力拦截毫不止歇的炮弹。

密布四周的烟雾，让他看不清楚周遭的情形。

"拜托你了，阳光号！"

弗兰奇相信自己打造的船。他操纵着舵轮，启动了紧急逃离系统。

——"风来·爆发"！

世间罕有的"飞船"——"阳光号"划破波浪，利用三桶可乐的能量，飞向空中。

他们逃走了。

悬赏四亿贝里的草帽路飞，跟他的伙伴们溃不成军了。

在新海军总帅Z——他的义肢面前，现在的路飞也只能撤退了。

4

经过两年前的"顶上决战"后，海军将原本设置于玛林福特的总部移到"新世界"，与G1分部对调。

当时的"战国"元帅为了负起在战争中的各种责任，辞去了第一线的职务。

现在，海军是在"赤犬"大元帅的领导下，以新体制继续活动。

比以往更加强势——

毫不妥协。原本在海鸥旗印下高喊的"绝对的正义"的训辞，现在已经改变了。

——"彻底的正义"。

拥有很多旋转炮塔的要塞岛上，第一级的舰队就坐镇于此，向"新世界"宣扬武威。

"居然被抢走了……"

大元帅握紧戴着黑色手套的手。

他是"岩浆果实"的能力者，能够操控岩浆。

他同时也是"玛林福特顶上决战"的大功臣。两年前他以大将身份，给当时号称最强的海盗，"四皇"之一的"白胡子"艾德华·纽盖特义子腹子——波特卡斯·D·艾斯。这项功勋，让他代替了在战后声明隐退的战国成为元帅。

其左右都是中将以下的将官，大元帅在他们面前继续说着。

"——原动石原本是防止海盗破坏'终结点'的王牌……没想到却反而被拿来破坏'终结点'。"

赤犬的拳头显露出炙热的红色。

他的双手就像是岩浆能源寄宿的火山口一样，连火焰也能烧掉，整个会议室被一股热气所包围。

"第一'终结点'因为原动石爆炸以及火山大爆发，已经随着基地一起沉入海底了。"

传令将校报告。

"Z的目的——"赤犬回想起这个以前曾经被自己称呼为老师的男人，"该不会是想要破坏'新世界'里的三个'终结点'，让这片大海

消亡吧！"

以"四皇"为首的海盗们。

企图颠覆世界政府的革命家多拉格。

在"新世界"里，到处都是与世界政府和海军为敌的人，他们是正义的敌人。但不论战力方面的评价如何，自称Z的"新海军"反政府组织，就某个层面来说，才是最危险的势力。

毁灭主义者。

赤犬是这么认定这群人的。

那些家伙不为公理，也不为利益，一心只想要让这个"新世界"迈向毁灭。因此，根本无法谈判，也没必要谈判，他们根本就是——应该要"彻底"击垮的敌人。

"那个老先生被卷入了原动石的爆炸，应该无法幸免吧。"

大将黄猿如是说道。

他坐在前排的沙发上。不久前还跟赤犬同级的黄猿，在这海军最高会议的场合上，算是特别的存在。另一个大将"青雉"库赞，已经辞去了海军的职务。

引退的前任战国元帅，推举了库赞接棒，但世界政府的达官显要们，却希望由鹰派的赤犬来继位元帅。

结果——对赤犬任职元帅有意见的库赞，与赤犬进行了十几天的死斗，最后不幸败北。拒绝成为赤犬的手下的库赞，就此离开了海军。

"他还活着呢。"

Z还活着。

其他的中将都注视着发言的年老女性将官——鹤中将。

"——在场的所有人应该都很清楚吧，那家伙……不是那么轻易就

ONE PIECE FILM Z

会被打倒的。Z……不，他是前海军总部大将'黑腕捷风'。"

那家伙还活着。鹤又重复了这句话。

古米尔、火烧山、飞鼠、鬼蜘蛛、斗犬、斯托洛贝里……还有在大房间待命的巨人族中将们都若有所思。

约二十五年前的大航海时代全盛期，有"白胡子"，飞天海盗"金狮子狮鬼"，生前的高路·D·罗杰等人恣意妄为。当时就已经在籍的老海军将官们，如今个个都浮现郁闷的表情。

对他们来说，Z……捷风，是他们的老师。

不但是他们身为海军的恩师，也是他们的理想楷模。

那时候，捷风是壮年的海军总部大将。

如今，他已经是七十四岁的年迈老人。对于参加这场会议的人而言，这个身为前上司又是前辈的男人，现在居然抢夺原动石，对政府跟海军举起反旗，简直就是双重震撼。

"无论如何——"赤犬元帅说，"一定要将原动石抢回来。以前……我们可能受了他不少照顾，不过现在，他是我们的敌人……Z，是正义的敌人！那些自称是新海军的人也是。就算Z还活着，在正义之名下，他们都一样——"

必须要全部歼灭！

这是赤犬身为元帅所提出的彻底的正义。

赤犬舍弃了一切的情感，连一份温情也没有。从他将同事青雉库赞逼到濒死绝境，坐上海军元帅位子的那天起——或者说，从他想要坐上海军元帅位子的那天起，他就舍弃了一切情感。

"新海军利用原动石，将第一个'终结点'法乌斯岛炸掉了……"

"就算是假的，也不准称呼那些家伙为'海军'！"

赤犬以激动的口吻斥责传令的将校。

"啊……是！"

"那些家伙是叛贼！我们要把与世界政府为敌的'Z军'歼灭掉……"

*

——倾海军全员之力，找出叛贼Z跟他的军队。

抢回原动石，彻底执行正义。

在海军军舰上——

从甲板上看着法乌斯岛喷火情形的老海军，是蒙奇·D·卡普中将。

他是路飞的爷爷。

为了负起"玛林福特顶上决战"的责任，卡普与战国一起表明了辞意，却被世界政府全军总帅空谷所挽留，以指导后进为条件，保留军衔留在海军。

之所以再度出现在事件的第一线，正是因为此次被卷入漩涡的当事者，是他的旧识。

"三个'终结点'都被破坏的话，世界就会灭亡……全世界的人不是都知道是个谎言吗？"

青年军官询问卡普。

他名为克比，是路飞当初立志要当海盗，离开故乡风车村时，遇到的第一个东海少年。克比之后加入海军，只花了两年左右的时间，就从一个打杂的士兵晋升为伍长，最后升至上校，可说是得到了前所未有的提拔。混乱的时代与战争，还有自身隐含的才能，都是促使他快速升官的要因。

"如果说是谎言，我们有必要这么认真吗？"

"那么就是真的咯？！中将！"

另一个手提廓尔喀弯刀的军官是贝鲁梅格。他是东海前海军上校"斧手蒙卡"的儿子，以前凭借父亲的地位，在谢尔兹镇胡作非为。在路飞与佐罗打败他父亲蒙卡后，贝鲁梅格顿时失魂落魄，最后以见习身份加入了海军。现阶段是少校，由于海军分部的级别比总部低两阶，因此，实际上他已经跟当年父亲是同等级别了。

两人这次都以卡普徒弟的身份同行，他们现在都已经是独当一面的副官。

"我知道捷风……Z的打算。他想要让'新世界'灭亡，只要掌握了'终结点'，就有可能办到！当然，'新世界'一旦毁灭，不只是海盗，连一般人都会一起陪葬的。"

"卡普中将，那个Z到底是谁？"

克比不明白——

为什么只是为了消灭海盗，就打算毁了世界，还要牺牲掉一般人？

像克比如此正经的人，是不可能理解那种异想天开的想法的。

"Z……以前是我的伙伴。"

面对这些对往事完全不了解的年轻海军，卡普遥想起过往。

说到卡普与捷风的初识，得追溯到六十年前。

那一年的海军学校里，除了卡普之外，还有战国跟鹤，是个辉煌年代。若没记错的话，那年捷风十四岁。这个在军港长大、力气惊人的少年，是卡普的劲敌。

"捷风是个优等生呢……"

捷风当时是个正义感很强、个性率直的少年。而卡普当然是个问题儿童。

经过几年的训练，他们实际参与了与海盗之间的战斗。

——"我要成为英雄！"

这是捷风年轻时的口头禅。他总是这么说，然后鲁莽地挺身奋战，伙伴们常打趣道："那家伙一定会早死。"

"是为了保护一般人不受海盗伤害吗……"

"为此，捷风身上受过好几次伤。"

经历一连串战斗的洗礼后，捷风不停地锻炼着他的肌肉。就在军队生涯满十年的时候，伍长捷风学会了超人武术"六式"，而海军上层也已经知道了他的名声。

"我们以前是伙伴。"

他们是同级生。

也曾互相斗争，想要出人头地。那些年轻的岁月——两人身上的伤不停增加，以战友的身份，在军队的经历与勋章洗礼下切磋琢磨。

捷风三十多岁的时候，出现了转机。

他终于察觉自己拥有被称为"霸气"的才能。捷风学会了利用"精神力"让肉体得到强化的技术。这是成为海军总部将官的重要条件之一，也开启了他的升职之路。

——"黑腕捷风"。

这个别名，就是那时候取的。捷风绝不会弃部下于不顾，所以士兵们对他推崇备至。

而三十六年前——

正是"白胡子"艾德华·纽盖特跟高路·D·罗杰等人活跃的时代。捷风三十八岁的时候被推举为海军大将，并且就任。捷风成了诚挚的大将，部下们对他有着绝对的信任。

"曾经……那么了不起的人，到底为什么……"

克比不懂。

到底是什么让年老的捷风变成了叛乱者Z？

"我们以前是伙伴……我们应该是伙伴的啊，Z……"

卡普望着发生大爆炸，几乎将整座岛都喷飞的法乌斯岛喷火口。

Z的愤怒有强烈到需要毁灭世界吗？

"你就怎么也不能原谅我们吗……"

喷烟弥漫了整个大气之间。

海啸听起来就像是那个义肢男的怒吼，就连作风豪迈的卡普也忍不住眯起了眼，他的眼神充满哀凄。

第二幕　青雉与路飞

1

从 Z 舰队下逃生的"阳光号"，来到了一座不知名岛屿的船坞，进行修理。

"啊呜！路飞！我一定会将'阳光号'完全修好的！"

船长注视着损伤的船，船匠则安慰着他。

由宝树亚当的木材所制造的船，在 Z 舰队的集中炮击下撑住了。如果是其他的船只的话，只怕已经成了木屑。尽管如此，船上的装备与甲板上的房间还是变得破烂不堪。

"——应该会花点时间……不过，你们会趁这时间去追击 Z 吧？"

"是啊！'阳光号'就拜托你了！"

路飞哼着气说道。

在船坞附近的堤坝上，奈美正在算钱。

"这是船坞的使用费，这是住宿费……"

"抱歉喔～都怪我救了那个老爷爷……"

说话的乔巴跟奈美都变成了小孩子。

要是"还原果实"的能力者女提督艾恩没说谎，那么被她触碰一下就会倒退十二岁。

二十岁的导航员变成了八岁。

船医差不多只有五岁。

记忆与知识虽然没有消失，但要是倒退超过自己的年龄，自身的存在似乎就会消失。

"用不着道歉。"

佐罗对沮丧的乔巴说道。

"你没错，我们都知道。"

山智也开口安慰。

海盗依循自己的信念做事，没有什么好后悔的。

乔巴回应伙伴们一句"谢谢"。

"新海军……那个Z到底是谁?"

撒谎布想起义肢男，不禁冒出冷汗。

那个老爷爷未免强过头了。

"他一听说我们是海盗，就突然发动攻击。"

乔巴开始说明。

"我们还来不及准备好，就被攻击了……嚯!那个忍者的能力还真麻烦啊!"

山智十分懊恼。

忍者宾兹是"生长果实"的能力者，他的能力是可以自由自在地操控植物。不管几个人同时进攻宾兹，最终还是落得被捆绑的下场。

"下次我一定要将他彻底解决掉!同时替展现了坚强意志的'阳光号'报仇!"

佐罗下定决心。

"如果不是'阳光号'这么给力的话，我们就会被新海军打垮，全部葬身海底了!"

"得把新海军找出来，好好地回敬他们才行。"

罗宾对小奈美说道。

"啊？真的假的！我才不想靠近那么危险的家伙呢！"

撒谎布提议在"阳光号"修理完毕之后，大家一起在岛上好好休息。

"你在说什么啊？不找到那些人，我的身体就没办法恢复原状啦！"

"我也不想一直这样！"

变小的奈美与乔巴提出主张。

这种小孩子的身体，什么事也不能做。

在"新世界"航海，比起之前的旅程还要危险。身为导航员与船医的他们，必须恢复成原来年龄的身体才能发挥自身的才能。

"我也是，不恢复成原来的样子，我会很困扰呢。"

"罗宾……变成了青春洋溢的十八岁，其实应该很高兴吧。"

口无遮拦的狙击手说了个低级笑话，起了反感的罗宾立刻让撒谎布全身上下长出了无数双手。被压倒在地上的撒谎布，发出惨叫声道歉。

　　"真是的，女人们真是很让人头疼呢……你还在开什么玩笑啊！……嗯？不过，等一下……"

　　山智抽着烟，突然发现一件很重要的事。

　　奈美现在是八岁的小女孩。

　　卷眉毛帅哥视线一瞟，看到小奈美露出不解的表情，看起来很是可爱，橘色的双马尾也晃了两下。

　　"——接下来，奈美的身体会逐渐长成大人，这就表示我可以参与她珍贵青春期的每一天……可以看到羽化成蝶的瞬间……超棒的啊！"

　　山智的脑海里，已经运用强大的想象力自动播放起八岁到二十岁的少女成长片段。

　　"恶心！"

　　"什么？我杀了你哦！绿藻头！"山智听到佐罗泼他冷水，马上冲了过去，"你要是变回小鬼的话，我一定踩扁你！"

　　"笨蛋！小鬼的我就足够打倒你了！"

　　"你说什么！那我就变成年纪更小的三岁来揍扁你！白痴！"

　　"什么？那么，婴儿的我就绰绰有余啦！"

　　"什么？既然如此……"

　　"现在不是吵架的时候吧！"

　　小奈美介入了剑士与厨师之间的无聊争论。

　　"那个……其实，我也变年轻了呀……"

　　布鲁克一说，所有人都"咦"了一声，一起回头看向这位音乐家。

　　"看起来……"

　　"好像没有——改变呀！"

布鲁克向惊讶的伙伴们说明。

"我也被新海军的女提督小姐……就是那位艾恩给摸了。我死了之后，只剩下骨头。虽然我已经超过五十年以上都是骷髅的状态……但这可是至今未有的大变化呢！"

"有什么变化啊？"

"我年轻了十二岁啊……"布鲁克双手摸了摸他的爆炸头，然后撩了起来，"你们看！我的头发恢复成七十几岁时的光泽跟湿润度了耶……嘿嘿！"

"谁看得出来啊！"

伙伴们一起吐槽。

布鲁克之前是九十岁，现在是七十八岁。怎么看都还是个骷髅，一点变化都没有。

"那么，你变年轻之后觉得很高兴吗？不用恢复成原来的样子也无所谓咯？"

山智开口询问。

"啊……是啊……不不不！不行啦！我还是……想回到原来的样子——吗？我到底是怎么想的啊？"

"谁知道啊！"

骷髅男开始自问自答，于是大家便懒得理他了。

"如果想要恢复原状，就得从头搜集Z跟新海军的情报呢……"

小奈美感到困惑。

*

在弗兰奇修理"阳光号"时，岛上来了一个老人。

"啊呜！老爷爷，有什么事啊？要收船坞使用费的话，去跟我们的导航员说吧。"

"Z又出现了吗？"

这个名叫莫布斯通的港口管理人，瞄了一眼破损的"阳光号"，深深地叹了一口气。

"老爷爷，你认识Z吗？"

"这阵子特别多海盗船遇袭，被送到这个船坞来。受重伤的海盗们都异口同声说是Z干的好事。"

"嘻嘻嘻。"

跟着莫布斯通爷爷一起来的五岁小孩连牙都还没长齐，一脸好奇地看着海盗船。

"岛波公司事务所"。

这是一间家族经营的公司，管理着这个小小船坞。"草帽一伙"被

带到公司兼自住房子的门廊上，暂时休息一会儿。

"最近只要有客人来船坞，爷爷就会跟人家讲有关Z攻击海盗的故事。"

莫布斯通爷爷的孙女如是说道。

这间岛波公司以专门负责修理船以及租借船坞为生，好像也有帮忙回收被海军打败弄坏的船。

"——爷爷以前是个船员，所以不管是海盗还是谁，他都会一视同仁地照顾他们。"

"我只是欣赏这些为'新世界'的大海豁出性命、追求梦想的人而已。在大航海时代，弱肉强食是不变的道理，他们被Z彻底打败……再也无法振作而离开了新世界，放弃航海……"

Z夺走了海上男儿的自由。

莫布斯通爷爷似乎无法忍受这一点。

"若你们即使在Z的手下吃了败仗，却还是愿意挺身对抗的话，我就把那些以前放弃对抗的海盗留下来的最强装备交给你们。"

"最强装备?"

路飞、撒谎布和乔巴的眼睛闪闪发亮。

"你们给我等一下!"

"干吗啊，奈美? 他说最强的呀，最强最强!"

"在拿什么最强装备之前……得先找到Z吧。而且，之前在和Z的战斗中，我们的衣服全都被烧掉了，现在得先去采购才行啊……你们穿着这种愚蠢的赏花服走来走去，只会引来不必要的注意而已，根本是事倍功半嘛!"

首先得搜集情报。

至于用最强装备打倒Z则是次要事项。

"嗯! 了解!"

确认好顺序之后，路飞露出同意的笑容。

"小奈美小小年纪，却很能干呢。"

莫布斯通爷爷的孙女不知道"还原果实"的事，对奈美非常佩服。

"不好意思，请问这座岛上有比较大的城镇吗？"

小奈美询问莫布斯通爷爷的孙女。

"这座岛上除了我们的船坞之外，就什么都没有了呀……要不要去隔壁岛上看看？那里有温泉跟火山观光项目，很受欢迎呢！最近还有海上列车开始行驶，很繁荣呢。"

"你说的海上列车……是那个海上列车吗？"

小奈美等人面面相觑。

2

海上列车就是行驶于铺在海面上的铁轨的火车。

其构造就像是套着蒸汽船外壳的火车，可以牵引着货客车通行，因此，没有记录指针也能顺利抵达目的地。此外，车轮经过设计，在行进时会发出海底生物讨厌的声响，所以不会被恐怖的海兽或是海王类动物袭击。就这样，草帽一行人到达目的地观光岛瑟肯岛。

一行人下了车，站在月台上。

岛波公司莫布斯通爷爷的孙女说得没错，岛上到处都是观光客，非常热闹。

有情侣，也有携家带眷一起来玩的人。火山的山脚一带有温泉，岛上四处升起的白烟，都是温泉的热烟，河川里也是热水。

"……路飞！还有佐罗（绿藻头）、布鲁克（骷髅）！你们的脸会被认出来！所以搜集情报的工作就交给我们吧！是不是啊？奈美小姐、小罗宾～"

"你也不行喔，山智。"小奈美不到两秒就否决了山智的提议，"我们知名度高的船员，还有容易和别人起冲突的都禁止上街！搜集情报就交给我们吧。"

"什么！怎么这样……"

小奈美等人留下了绝望的山智，前往街上。

"那么，我们……"

"难得有温泉，在战斗前先让身体放松一下吧。"

"好好好！新的衣服打扮就请交给我！"

路飞跟佐罗、布鲁克拖着沮丧的厨师，一同前往温泉街。

3

满满的温泉从吉祥物立像的口中往温水泳池里吐出，这个吉祥物听说是观光岛的象征，名叫"吉罗巴"。

温泉街的背景是喷烟的火山。

泳池畔有很多大瓮，每个尺寸都大到可以让一个成人轻松地泡在里面，瓮里装满了热水。

这是壶汤。

这里的客人都可以随意使用，泡药澡的时候很方便。

"啊～～"

"咿～～"

路飞跟布鲁克泡在壶汤里，发出了难以言喻的声音。

"真是的，恶魔果实能力者的弱点真多啊。"

山智叹了一口气。

路飞跟布鲁克不能泡太久。这里是海岸旁度假村的设施，壶汤使用的似乎是海里的泉源。也就是说，恶魔果实能力者泡在这温泉里太久会失去力气。

"如果半身浴的话，还勉强可以……"

总而言之，布鲁克将脚抵着瓮底，只要接触海水温泉的部位少一点，应该没什么问题。布鲁克似乎在这危险的泡澡中感受到了快感，享受着温泉。

真是好温泉啊！

抵达瑟肯岛几天之后——

被分到待命组的男士们依然每天泡着温泉。

"啊～泡到整个骨头都舒服了呢！不仅疲惫消退了，还顺便熬了大骨汤呢。我们这么放松真的没关系吗？"

布鲁克现在还是很感谢在岛波公司修理船的弗兰奇。

"也是啊，我好想早点将Z揍得远远的！"

"笨蛋，"山智将船长压进了壶汤里，"给我安分点。这个岛上有海军的基地，像你这种不用大脑思考的家伙，要是在岛上乱晃的话……哼，肯定又会惹出什么麻烦事吧！奈美不是说了吗？Z跟新海军的情报，就交给罗宾与乔巴他们去搜集——"

*

现身在舞台上的少女以黑色的眼眸诱惑着客人，每个男人在这瞬间都为之倾倒。

她的舞，有时热烈。

她的舞，有时妖艳。

有时候，她脸上的表情又纯真如处子。她是酒吧的舞娘。充满异国风情的少女踩着舞步，一个回转——开着高衩的裙子仿佛花朵绽放般秀出长腿，男人们不禁吞咽口水，高声喝彩。

客人们个个如痴如醉。

舞娘刻意展露年轻的肢体，像在诱惑客人们似的——快看我，为我着迷吧。每个男人都成了乖乖听话的小孩，陶醉在她的魅力之下。
"好有活力的舞蹈，真不错啊！"
店老板笑得合不拢嘴，自从那个舞娘来了之后，店里的业绩就增加了好几倍。

"能够让老板这么开心，我也很高兴呢。"

一名看似可疑的男人戴着奇怪的面具，笑得十分低级，看起来似乎是经纪人。

他是变装后的撒谎布。

说到资讯最流通的地点，当然就是酒吧了。不过以客人的身份能搜集的情报有限，直接混入店内才是上策。撒谎布安排十八岁的罗宾进入店里当舞娘，小奈美当服务生，至于乔巴应该正在店外当擦鞋童吧。

尽量多接触客人，然后设法问出情报。

这里有很多海军的客人，应该可以打听到跟Z相关的有用情报。Z自称"新海军"，对于正牌海军来说，Z应该是他们的眼中钉吧。

撒谎布跟店老板聊完后，离开了座位。

服务生小奈美与擦鞋童小乔巴已经在后门门口等他了。

"乔巴，有打听到什么消息吗?"

"听说海军为了讨伐Z，都聚集在这座岛上，除此之外……"

小乔巴抬起头，一张沾了鞋油的脸显得黑黝黝的。

"传言啊?"撒谎布双手交抱在胸前，"这间店里最近多了不少海军的客人呢……不过我倒不知道，这是因为Z还是罗宾的人气呀。"

"罗宾那么受欢迎吗!"

小乔巴的眼神闪闪发亮。

"是啊! 就连小费也是……你看! 有这么多钱喔!"

撒谎布拿出一沓钞票。

"太厉害了!"

话刚说完，负责管理船队开销的奈美，便从撒谎布手里抢过钞票开始数了起来。

"若只是传言的话，我们是没办法拟定方针的。"

小奈美吐了吐舌头。

"那该怎么办呢?"

"包在我身上吧!"

小奈美采取了行动。

*

另一方面，待命中的男人们则在大浴场里讨论着Z。

"我看那家伙右手的巨大武器看呆了，才会一时大意。"

路飞想起跟Z的战斗，十分懊恼。

"你是恶魔果实的能力者，如果下次还是没头没脑地强攻，肯定又会被海楼石的钢爪抓住，然后失去力气。"

山智将身子浸到肩膀一带。这时他对路飞提议"Z就交给我吧"。

"你们不要插手，Z就由我来打倒！下次我会避开他的右手，把他痛打一顿！"

"你还是那么精力充沛嘛～我等你们等到头都晕了呢。"

一名壮汉突然在浴池里现身，他似乎已经泡了很久，神色有点恍惚。

"呜哇！"

"喔喔喔！"

路飞等人由于太过惊讶，甚至还滑倒跌入低一级的浴池里。

"啊……"

"青雉！"

一叫出这个名字，路飞、佐罗跟山智就同时摆出应战姿势。

"大家为什么要这么惊讶呢？这位是何方神圣啊……"

布鲁克不解地歪着头。

青雉库赞与"草帽一伙"相识，是"鼻烟壶布鲁克"在"鬼魂岛"加入"草帽一伙"之前的事。而"草帽一伙"里，参加"玛林福特顶上决战"的只有路飞，所以布鲁克并不认识青雉库赞。

"他是海军，"路飞回答，"海军总部大将青雉！"

"大将！"

布鲁克惊讶得全身抽动，骨头都快摇散架了。他害怕地缩起身体。

"嗨，好久不见了。"

库赞举起一只手，打了个招呼。

"大将先生……找我们有什么事啊？"

"哎呀呀，不要这么紧张嘛。"库赞安抚着进入备战状态的草帽一伙，"事到如今，我不会再抓你们了。你们应该知道我已经不是海军了吧？我不再是海军大将了。"

"那现在你是什么身份？"

"什么身份？"库赞看着布鲁克，"骷髅没资格这么问我吧……辞去大将的我，嗯……正义的伙伴？好像也不算哪。我到底是什么身份啊，你们知道吗？"

"谁知道啊！"

草帽一伙齐声吐槽。

"反正现在的我没心思管你们，仔细想想……要是我想抓你们的话，就不会在无法使用能力的海水澡堂里等你们了吧，呼——"

库赞是"冰冻果实"的能力者，他的能力可以让一切结冰。

"你在等我们……"

山智一脸惊讶。

前海军总部大将找他们到底有何贵干？

"嗯，不过我不想再继续晕下去了……接下来的话就去外面讲吧。"

库赞从浴池里站起身。

路飞等人大吃一惊。

库赞的身躯满是伤痕，有些烧伤看起来还是新伤。而且，他——失去了左脚。

从浴池里站起身，库赞马上用自己的能力制造出一只冰之义足。

"啊？"看到草帽一伙如此惊讶，库赞低头看了看自己的脚，"这个啊？嗯，该怎么说呢……算是我有点任性过了头吧。"

*

"——让您久等了！"

"谢啦，小妹妹。你年纪虽小，但却很能干哦！"

海军接过托盘上的酒瓶，向工作利落的女孩道谢。

女孩正是小奈美。

"海军先生！最近有没有什么好玩的事情啊？"

"唔～"

喝醉酒的海军偏头想了想。

"你们知道Z的事情吗？"

奈美自己先提起话题，这让海军们吓了一跳。

"小妹妹，你怎么会知道Z呀？"

"每个人都知道啊？大人们都在说海军就是要来抓Z的呢。"

小奈美竖起托盘，在海军耳边小声说道。

"什么嘛，原来早就已经传开了啊？"

海军露出安心的表情。尽管同桌一起喝酒的同僚劝阻他，他也没听在耳里，反而因为喝醉酒而松了口气。

Z率领着新海军——不，是被称为Z军的叛乱舰队，正在跟海军作战。

　　"那么，Z在这座岛上咯！"

　　"是啊，我们就是要来抓坏人Z的……正义使者！"

　　"Z的目的呢？Z在这座岛上做什么？"

　　"他要破坏'终结点'……"

　　"喂！"

　　同桌的同僚脸色发白。这是重要机密，泄露的话可是会被严惩的。

　　不过，奈美的心里却浮现问号。

　　——"终结点"。

　　她当然知道，而且也调查过。

　　目前海上大多数岛屿都是因为海底火山爆发后的造山活动而隆起诞生的。就像这个温泉岛一样，现在仍频繁活动的活火山，都是从被称为热点的岩浆带——也就是海底火山区域所生成的。

　　而在"新世界"的海里，有几个像这样的热点聚集在一起的区域，代表着底下潜藏着非常惊人的大火山。

　　也就是超巨大的火山！

　　超巨大火山的爆发，又被称为大浩劫喷发。有学说认为，如果发生大浩劫喷发的话，会连带引发大海啸，甚至会改变气候。到时候不只是人类，整个"新世界"的生物都会面临灭绝的危机。

　　"终结点"指的就是这种超巨大火山露出海面的岛屿部分。

　　只要"终结点"一有异状，就是大浩劫喷发的前兆。因此，这种地方必须严加管控，不得对其施以刺激。

也就是说，这座瑟肯岛是"终结点"？

"不过……'终结点'的传说，不是拿来唬唬小孩子的谎言而已吗……"

奈美还是有点难以相信。

据她所知，根据世界政府常年调查的结果，主张"终结点"跟超巨大火山存在的学说，应该已经完全被否定了。大浩劫喷发只不过是骗人的谎言罢了。

"那不是谎言喔！"

"够了。"

一名海军上校出现在桌旁。

海军立刻醉意全消，脸色发白地站起身。

"对……对不起，上校！"

"你醉过头了，说了太多话……小妹妹也是，你对Z很有兴趣嘛，有什么目的吗？"

上校盯着奈美瞧，看来他没那么容易受骗。

"不是啦！是那个怪人要我来问海军先生有关Z的事情……"

小奈美指着二楼。

她的手正指着变装得很奇怪的撒谎布。

"唔唔……果然很可疑。"

"我还有工作要做，先失陪了。"

"不，小妹妹你也一起来吧。"

上校抓住了小奈美。

"放开我！这跟我没关系啦！"

奈美故意大叫挣扎，以便让酒吧里的伙伴们知道有危险。

这时，舞台上的舞娘突然舞步一变，激烈地动起身子。

"三轮花……"

舞娘是罗宾。她运用"花花果实"的能力，长出三只手臂困住上校的身体制住他，让小奈美趁这个空当逃走。

罗宾随即跳下舞台。

男性观众们都兴奋地站起身。

"请不要用手碰我们的舞者！"

酒吧的老板大叫着，但却于事无补。

大家你推我，我挤你，现场一片混乱。这正是罗宾的目的。

"奈美那家伙，居然把烂摊子往我这里丢！"

在二楼的撒谎布跟乔巴则是手忙脚乱。

"要逃吗？"

"很遗憾，我这不靠谱的经纪人，就做到今天为止啦！"

就这样，草帽一伙逃离了酒吧。

被奇怪的小女孩逃掉后，海军上校看着制住自己的手臂，想起了舞娘的真面目。

"这是'花花果实'的能力……那个舞娘是'草帽一伙'的妮古·罗宾！千万不能让她逃走了！"

4

泡完澡的路飞等人，在更衣处一口气喝干了瓶装牛奶。

"你那只脚是怎么啦？"

路飞询问装上了冰之义足的库赞。

"听我一句，这世界有些事情还是不要问比较好。"

"如果是这样，那我就不问了。你为什么要跟赤犬决斗啊？"

"哎呀呀，真是个不懂体贴的小鬼头……这件事我无可奉告。"

库赞满脸苦笑。

他心想，自己是因为跟赤犬的决斗落败，才辞去海军职务的。既然如此，路飞好歹也该用大脑想一下，他可能是在跟赤犬战斗时受的伤吧。

"那么，你为什么会在这里啊?"

"你这家伙还真是学不乖呀……不过，这我倒是可以回答你。"

库赞说，他是来泡温泉——是想要利用温泉治疗伤口才来这里的。

"唉，虽然如此，但我也没什么时间可以好好地泡温泉。我在追踪一个男人，小鬼……你最近是不是跟很厉害的家伙打过?"

"你是说……"

所以，库赞在追的人就是Z吗?

"那个大叔很强吧? 他可是前海军总部大将呢!"

"大将……"

"难怪……"

佐罗跟山智都露出了恍然大悟的表情。

库赞邀他们到外面继续谈话。

这里是海岸边。

库赞走在前面，换好衣服的路飞、佐罗、山智跟布鲁克四人则跟在他的身后。

库赞也说过，他目前不想跟海盗打交道。那么，现在的他到底算是什么身份？目的又是什么呢……也许正如他自己所说的，他也不知道答案吧。

"适逢大航海时代，"库赞自顾自地说起来，"海上窥视着'ONE PIECE'的海盗们，前仆后继一个接着一个地出现……"

是因为这个"新世界"的另一头有"ONE PIECE"，所以才会出现海盗吗？抑或是有了海盗，所以才有"ONE PIECE"？

"——是梦想重要？还是人重要？海盗为了追求梦想，有时候会失去温暖的幸福，或者让心爱的人流泪。到底该怎么办才好……这哪有什么答案呢……但是，前海军总部大将捷风……Z，却硬是擅自下了定论。"

"定论？"

"'只要 ONE PIECE 消失，海盗也会消失'……真是个草率的想法呢。"

库赞既没有肯定，也没有否定 Z 的想法。

现在的他只是想来看看 Z 的情况而已。不过，接下来他也不知道该怎么办才好。

烦恼的库赞停下了脚步。

他仰望着耸立在街角的古老要塞遗迹，然后转头看向路飞。

"草帽路飞……你若是遵从自己的信念，一定会再跟Z对决吧。让我看看你的答案吧。Z——新海军总帅Z就在这座岛上。"

"Z在这座岛上……"

库赞将海军的机密情报泄露给海盗们，就这么离开了。

路飞目送着青雉离去。

等到他的背影完全消失之后，路飞再度抬起头来看着古老要塞的遗迹。

——我是新海军总帅Z······本人Z要消灭掉所有的海盗！

路飞想起那次战败时，Z所说的话。

他的心里，隐藏着一股沉静的愤怒。

"路飞······是撒谎布他们！"

山智说道。

仔细一看，变装后的伙伴们正从大路的另一头跑过来。

"喔喔，他们还拖了不少伴手礼来啊。"

佐罗面露苦笑。

撒谎布他们正被海军部队追着。

"结果还是引起骚动了！既然如此，倒不如一开始就让我跟奈美还有小罗宾一起······嗯？喂，路飞！"

山智提醒战意涌现的船长。如果要想从那些海军口中问出Z所在的正确位置，至少要留下几个军官问话。

另一方面，逃跑的撒谎布也发现了路飞他们。

"你们先逃。"

待罗宾等人逃跑后，撒谎布站定，拿出弹弓"黑兜"拉紧。

"必杀'绿星'——'恶魔'！"

撒谎布射出"绿星"的种子。紧接着，在海军追兵的面前，出现了巨大的草堆。

那是食虫植物。带有黏糊糊的黏液，宛如巨大捕蝇草的植物接连抓住了海军们。

"接下来拜托你了！"

"拜托了！"

路飞与撒谎布等人交替往前踏出一步。

他盯着那些被"绿星"抓住的海军部队。

轰……

一股无形的冲击响彻这一带。

结果——海军们当场接二连三地跪在地上，口吐白沫，翻着白眼倒下。

"是'霸王色'霸气!"

拼了命撑住的，只有身为指挥官的上校而已。

路飞光凭他的意志就镇压了海军部队。

霸气。

气魄、杀意、斗争心……人的精神都有潜在的力量，如果能够靠自己的意志，自由自在地操控这股力量，就能化为强力的武器。

这就是霸气。

其实，路飞自小就在不知情的情况下展露霸气的才能。"顶上决战"后的两年内，他在传说中海盗王的副船长"冥王"雷利身边修行，现在已经学会如何控制这股霸气了。

霸气大致上分成三类。

隐含在拳头或武器里的"武装色"霸气，其力量有时候甚至凌驾于恶魔果实之上。除了海楼石制成的武器外，就只有这种霸气，能够让肉体变成火焰或光芒的自然系能力者受伤。

"见闻色"霸气能够洞察周遭的气息，不只能发现敌人隐藏的位置，甚至还能读取对方心里的想法。若是与使用这种霸气的人对战，自己的想法便会被对方窥探得一清二楚。

最后是"霸王色"霸气——能够使用这种霸气的人屈指可数，据说百万人之中只有一人会使用"霸王色"霸气。其力量强大到可以夺走这些强悍海军们的意识。

"Z在哪里？"

路飞质问上校。

在"霸王色"霸气面前，上校也只能屈服了。

"他应该在岛屿的另一侧……沙丘那边，被我军追击着……"

5

这里是瑟肯岛另一侧的海岸。

海军跟新海军Z军在沙丘上进行激烈的战斗。

ONE PIECE FILM Z

战斗中心是义肢男——Z。

他揍飞了来袭的海军们。

Z并不取巧，只是挥洒着他惊人的力量。那些被义肢击中的海军们，全都被弹飞到海的另一端，没有一个人能够制服Z。

"呵！"

披着披风的将官基文，挥舞着巨大的十手指冲向Z。

"剃！"——这是一种借由强烈蹬地的反作用力高速冲刺，宛如瞬间移动的步法。

"六式吗……"

Z做好准备。

基文准将顷刻间与之拉近距离，他手上的十手指与Z的义肢激烈碰撞，发出轧轧声响。

一击之后，基文立刻抽身。

只要退到Z的手臂长度之外，就可以掌握先机——但一击、再击，每多攻击一次，Z所施加的压力便更胜一筹。

终于，基文准将被Z的义肢弹开，身形一晃。

Z趁着这个机会轰出直拳。

"唔……'铁块'！"

六式之一的"铁块"，能够提高身体的强度，使自己如钢铁般坚硬，是一种防御技能。就算被炮弹直击也能挡下。

嚓！

Z的左拳击中了他的腹部。

基文准将不敢相信发生在自己身上的事情。

"铁块"失效了。基文准将强忍住让他几乎站不起来的呕吐感，这第一次正面接下的拳头，让他跪倒在地。

这是"武装色"的霸气。

连六式"铁块"都能击碎的冲击，除此之外不作他想。在海军之中，中将以上的级别基本上都会使用霸气。前总部大将——Z的左手便宿有霸气。

"你们的正义不管用了。"

Z丢下这么一句话。

翻白眼倒下的基文准将，正是Z拿来出气的海军，也是悲哀的政府走狗。

Z愤怒地大吼……

"什么正义！什么自由！你们这些人！全部给我重新来过……"

轰轰轰！

之后，破灭的闪光在火山顶上迸发开来。

是原动石。

艾恩与宾兹率领的Z军部队，在这个瑟肯岛的火山口，装置了从法乌斯岛海军那里抢来的原动石，并将之引爆。

这座岛是第二个"终结点"。

即将毁灭"新世界"的大浩劫喷发就要进入倒计时，火山口裂开，开始喷出大量的烟雾灰烬跟岩石。

小船般大小的大岩石四处飞散，砸往山脚边的温泉街。

破坏，破坏，破坏。

骇人的轰炸开始上演，火山爆发的能量极为惊人——但是，这般规模的灾害，竟还只是完全破坏"终结点"时所产生的大浩劫喷发的千分之一而已。

山丘开始龟裂，温度高达一千度的岩浆跟着流出。

Z运用原动石引起爆炸，强硬地诱发了"终结点"的火山活动。

"原动石唤醒了这座岛的火山！这样就能成功地破坏掉第二个'终结点'了！"

"新世界歼灭作战"。

这是Z为这一连串行动所取的名字。

利用原动石破坏所有的"终结点"，然后引起大浩劫喷发，毁灭"新世界"。如此一来，"ONE PIECE"就会消失，海盗也会被消灭，大航海时代就此画上休止符。

"这就是'新世界歼灭作战'！接下来只要破坏第二个'终结点'，一切就大功告成了！没有了海盗的大海，世界将重新迎接'伟大黎明'！"

新海军正是因此而存在。

Z正是因此而存在。

Z高举义肢，夸耀他的力量。

想阻止的话，尽管来试试看。

在一望无际的沙丘上，Z发现有新的敌人朝他袭来。

穿着凉鞋，踏着沙子冲过来的，正是那个戴草帽的海盗小子。

"橡皮～'螺旋弹'！"

路飞的右直拳一闪。

伸长了几十厘米的拳头，伴随着路飞的怒吼挥向了Z。Z马上做出反应，以义肢挡下。

"你来干什么啊……海盗小毛头！"

Z大吼。

"谁是小毛头啊？再乱说话，小心我打飞你喔！老头！"

山智追上来，站到了路飞面前。撒谎布也紧跟在后。

"大叔……把我的伙伴们恢复原状！"

路飞呵斥道。

从火山口回来的艾恩、宾兹，还有新海军的士兵们，都聚集在Z

的身边。

Z跟两名干部说了几句话。

"女剑士就交给我。"

佐罗冲向使刀的艾恩，挥刀砍下。

"啊……可恶的绿藻头！居然抢先了！"

尽管如此，但由于山智对女性总是特别温柔，所以让佐罗对上女提督是最恰当的选择。山智的对手则是忍者男宾兹。

"好！这样就轮不到我上场了！你们上吧！"

撒谎布在一边加油。

"生长吧！生长吧！生长吧！"

"剃"。

宾兹使用六式的技巧闪避。与他对战的山智虽然使出踢技，却也只是踢中残影罢了。

"海盗若是有想要的东西，就会不择手段地抢回来吧？如果你想要让伙伴们恢复原状的话，就用海盗的方式来啊！"

Z向路飞挑衅。

"可恶……只好跟他拼了！"

"撒谎布，"路飞阻止了狙击手，"我要和Z单挑。"

话刚说完，路飞便冲向新海军总帅。

"呼啊啊啊！"

"呵啊～～～Z！"

6

灼热的火山流弹，让整座岛陷入祝融之灾。

不知道该逃往何处的人们，让温泉街一片混乱。港口的船只一载满人就迅速出航，连帆柱上都有人紧紧地抓着。海上列车也是一进站就被大批的乘客包围。

"路飞！快点……"

车站的月台上，小奈美等人担心着去跟Z交手的路飞他们，抬头望着持续喷火的火山。

*

"这次我不会再被你的武器给抓住了！"

路飞储蓄着力量。

他利用橡皮人的特性，让脚像气球般膨胀起来——也就是让心脏的血流量增加，提升自己的身体能力。

"你是要让血流加速吗……"

"进入'二挡'！"

路飞的体温上升，全身冒出蒸气。

"哼！"

Z的义肢射出机关枪子弹，但路飞还是继续挺近。子弹对橡皮人来说是没有效的——

啾！

路飞重重的一击，终于越过义肢，打中了Z。

"你说过你要当海盗王吧！"

Z开口询问，若无其事地接下了路飞的橡皮拳。

"没错！我……要得到'ONE PIECE'，成为海盗王！"

"原来如此……但你有觉悟了吗？"

Z继续追问。

他问路飞是否有赌上自己性命的觉悟。

"我有!"

"那你的伙伴们呢?"

Z以左手接住了路飞的拳头,只靠一只手臂,就把路飞给甩了出去。

"我问你,为了贯彻自己的信念,你有牺牲伙伴、跨越他们尸体的觉悟吗!"

命运会化为沙,随风而逝。

闪光弹划破天空,带来死亡的射击在战场上交错。

"我才不会……牺牲伙伴!没有跟伙伴在一起的话,冒险还有什么意义!"

要是失去了伙伴们——

要是因为自己的关系而失去了伙伴,路飞绝对不会再去找新的伙伴。他办不到,因为,如果不是跟这些伙伴在一起,就无法成为他所向往的海盗王了。

"笑死人了!"

路飞的回答激怒了Z。

他用左手抓住自己的义肢,蹲低姿势放出炮击。

"呵!"

路飞在千钧一发之际躲过了炮击,但他的背后却发生了大爆炸。

那不是普通的炮弹,而是装了强力炸药的高威力弹。

在脚步难以施力的沙丘上,路飞成了Z炮击的目标。

    *

    这里是防沙林。

    佐罗跟女提督艾恩在树林间交手。

    "呵啊！"

    "还原！"

    艾恩是"还原果实"的能力者。凡是被她接触过身体的人，都会年轻十二岁。佐罗对此自然是特别警戒，持续和艾恩保持距离。他的步伐极为小心，不让自己踏入对方短刀与手臂的攻击范围里。

    "……到此为止了。"

    听到艾恩宣告放弃战斗，佐罗的脸部一凛。

他抬起头看着已经失去原来形状的瑟肯岛火山口。

"如果还有机会再遇到你的话……我会让你消失的!"

山智猛力一踢。

忍者刀一闪。处于肉搏激战中的山智跟宾兹,也面临岛屿毁灭的倒计时。

"没时间了!"

"什么?"

"先告辞了……咚隆!"

对忍者而言,逃跑也是忍术的一种。宾兹丢出烟幕弹,就这么逃走了。

防沙林一带被烟雾所笼罩。

在被烟包围之际,山智跟佐罗各自追丢了他们的敌人。

"居然被她逃走了……"

"真是有趣的忍者!"

佐罗与山智都感到有点惋惜。这时,路飞被弹飞到他们面前。

"呼、呼……"

根据船长的表情,可以想象他刚刚经历一场苦战。

剑士和厨师重新打量着那个不输给悬赏金为四亿贝里的海盗的强大敌人。

那就是Z……

"你因为害怕我这海楼石做成的义肢,根本没办法攻击我吧!"

"谁害怕了啊!"

路飞发出吼声,再度响应Z。

"恐惧与疼痛会削弱你的信念……'粉碎龙卷风'！"

轰！

Z以义肢捶向脚边的沙丘。

地面炸开——沙土飞散，轰出了宛如钵状的巨大地洞。

这是一记全方位攻击。

这成了无从防御的一记猛击，路飞被强劲的沙风抛了出去。

"唔……啊！"

"二挡"被解除了。

路飞的草帽缓缓滑落。人在空中的他，成了Z的机关枪的靶子。

密集的扫射让路飞的橡皮身体布满了子弹，他在空中被打成了蜂窝。

"我是橡皮人……所以子弹对我无效！"

路飞尽可能地让身体膨胀，弹出打进他身体内的子弹。

"是吗？"

Z的左手拿出一把手枪。

跟机关枪比起来，这支枪要小得多，发射的声音也显得比较轻。

路飞的肩膀被子弹贯穿，那子弹——竟然让橡皮人发出了惨叫声。

"唔……啊啊！"

路飞失去了力气。

感受到痛楚的路飞摔在沙丘上，他按着肩膀，跪倒在地。

最后，他再也撑不住，终于往前倒下。

"你的身体动弹不得了吧……这个子弹可是用海楼石做成的。"

Z走向路飞。

"很罕见吧？将海楼石加工成子弹，可不是件容易的事。若是对上在"新世界"的强者们，这种东西根本打不中他们……不过，对于那些对自己的能力有过度自信，容易轻敌的能力者倒是很有效。"

太阳眼镜下，前海军总部大将的眼睛，盯着落在沙丘上的路飞的草帽看。

——你现在也是罪孽深重的男人了。

那时候，前海军总部大将捷风的眼睛里，映照出以往时光中的草帽。

"这顶草帽也变旧了呢。就用我的手，将草帽跟大航海时代一起埋葬吧。"

Z以义肢抓住了草帽。

"唔……唔唔唔唔，还给我！那是杰克斯交给我保管的帽子！我答应下次见到他的时候，要还给他的啊！"

路飞强忍着疼痛站起身。

"是'红发杰克斯'让你走上海盗这条路的吗？那家伙也真是罪孽深重啊……"

"还给我……"

路飞蹬地奔出。

不过，他的肩膀被海楼石的子弹打伤，无法使用能力，而且全身的力气仍未恢复。他的拳头被Z轻易地闪过，结果反而受了Z的义肢的重重一击。

"唔啊……"

路飞被Z的义肢钢爪抓住，高高举起。

"不用担心，等到我的计划——'新世界歼灭作战'完成，杰克斯也会马上去地狱找你的。被捧上四皇的位置就得意扬扬的笨蛋，不可能会发现我的计划……他只能无能为力地死去！"

"不准……瞧不起杰克斯！"

就在路飞怒吼的同时——

义肢的圆筒一转，炮口喷出了火花。

"粉碎Blaster"。

烈焰爆散，路飞被轰飞到防沙林的另一头。

7

岛上产生了火山碎屑流——

那是指在火山里闷热的气体，与流沙之类的粒子混合在一起之后，产生比空气更重的聚热瓦斯。温度达数百度，会从火山口附近朝着山坡一路下降，其速度有时甚至会达到时速一百千米。由于气体跟固体混合在一起，因此摩擦力减少，比起风和落石还要更快降落。

"糟了……是火山碎屑流！"

山智抬头仰望开始解体的火山。

"路飞！"

撒谎布跟佐罗、山智跑到了防沙林的另一头，去追被Z打飞的路飞。

路飞倒在地上。

撒谎布扛起了失去意识的船长。

"竟然碰到火山碎屑流……这下我们也无计可施了！"

山智察觉到这座岛就要完蛋了，火山碎屑流应该会将一切毁灭殆尽吧。

撒谎布等人尽全力冲刺，终于跑回了温泉街。

但是，火山碎屑流的前端已经降到了街上。

海上列车的车站——却在眼前斜坡的遥远彼端。

"对了，如果是胁迫的话……必杀'绿星'……'厚肉香蕉'！"

撒谎布利用绿星弄出了一根大小有如独木舟的香蕉。

背着路飞的撒谎布、佐罗和山智都跳上去了。接着，巨大香蕉便开始在坡道上滑行。

"速度再快一点！"

山智大叫。火山碎屑流正以惊人的速度逼近。

"又没有引擎！这只是一艘普通的香蕉船啊！"

"看前面！我们要撞上了！"

"这也没有舵轮啊！"

往右，往左——就这样，众人移动着重心操控方向，香蕉船滑行到了坡道。

"呜哇！"

来到了大马路时，香蕉船翻了。

撒谎布等人摔落到路上。

他们抬头看着天空，火山碎屑流的热云，此时已遮盖了四周的天空。

"呜喔喔喔！"

就在这时候——

灰黑色的火山碎屑流就这么硬生生地在空中凝结。

热云被寒风冻结了。

本来河川都是热水的温泉街，突然被刺骨的冷空气所包围。

"呼……"

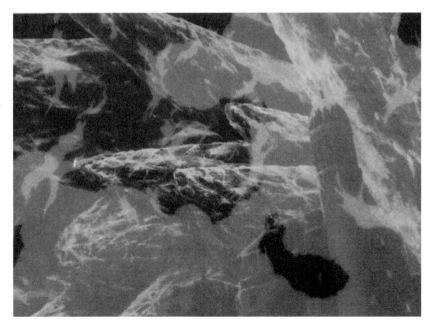

青雉库赞吐出了白色的气息。

在"冷冻果实"能力者的周遭，聚集了刚刚来不及逃走的观光客们。库赞冻结了火山碎屑流，让大家跑向港口。

火山就这么崩塌了。

火山爆发终于进入最后阶段。

连火山本身都会被吹飞的大型喷火，撼动了整座瑟肯岛。

道路龟裂，炽热的岩石浆喷出。库赞虽然挡住了第一波火山碎屑流，但接下来他就无计可施了。

"快！快！快！"

小奈美紧紧攀着爆满的海上列车大叫。

在流动的岩浆逼近下，撒谎布背着路飞，连同佐罗与山智，好不容易在汽笛声鸣起，海上列车即将出发之际，抵达了月台。

港口处，大大小小的船只满载避难的民众，陆续出航。

部分的岩浆已经流到了海边，冒出惊人的蒸气。

"整座岛都不见了……"

眼前的光景让佐罗为之一凛。

"草帽一伙"搭乘海上列车，拼了命地逃离崩坏的火山岛。受了伤的路飞，依然没有清醒……

*

"Z老师……那个戴草帽的海盗呢？"

艾恩站在旗舰"白虎号"的甲板上询问Z。

"火山会决定他的命运吧。"

Z简短地回答。

火柱高达数千米，喷烟宛如天柱一般高耸入云。他们已经离岛屿有一段距离，不过仍旧有炮弹大小的岩石坠落在四周。

"——'ONE PIECE'？这个世界的一切？真是无聊的梦想……为了这种东西，有多少人牺牲！又衍生出多少憎恨与哀伤！如果这叫作'意志'，这叫作'自由'，这叫作'时代的浪潮'……我——Z将会打垮这一切！用Z的手，让海盗，让这个世界的人全部消失，统统灭亡，一个也不剩！"

无聊的梦想会被真正的正义所击溃，在坚定的正义之前俯首称臣。

Z对着怒吼的火山咆哮……

"大航海时代，会由Z画上句点！"

自从他离开海军，改名为Z之后——

就再也没有回头之路了。

幕　间

1

号称是新海军的叛军——Z军团破坏了第二个终结点。

海军基地因为这起事件而大为震惊。

已经确定Z——海军总部前任大将捷风的目的，就是要破坏三个终结点，导致毁灭性的火山爆发跟"新世界"的灭亡，这便是"新世界歼灭作战"。

现在只剩下一个终结点。

"以前发生在Z身上的事情的确令人同情，但也不能因为那个理由，就引起这种将一般人卷入其中的惨剧。"

前海军总部元帅战国以坚定的口吻说道。

他是海军里的大监察者，大监察者专门从内部监察整个海军组织，是个特别的职位。才两年的时间，他的头发便完全变白，给人一种年迈的印象，但他的身体其实还是很健壮。

"还真无情呢。"卡普中将说着，"一般人没办法像你这样看破情理纠葛的啊……但这样才比较有人性吧？"

两名老兵想念起以往的同志。

夜里——

在耀眼的探照灯下，舰队从基地的港口出海了。

那是要跟自称新海军的危险分子Z军对决的决战部队。率领他们

的是大将黄猿，同行的中将大多是有名声的角色。这次动员甚至凌驾于"非常召集"之上。

　　尽管已经年迈，但身为前海军大将，战国依然有着足以抗衡一个国家的强大力量，是个不可小觑的存在。

　　"卡普中将！"

　　"怎么了？"

　　卡普中将转头看向克比上校。

　　"Z……不，前海军捷风大将是个什么样的人呢？"

　　对于不认识捷风的青年士兵来说，这是个理所当然的疑问。

　　"捷风他……是个很认真的男人。即便是在危险的战场上，也总是身先士卒跟海盗战斗。而且，他还是个有情有义的男人。"

"有情有义？"

"捷风号称'不杀'大将。就算对象是海盗，他也不会滥杀无辜，与赤犬正好相反。"

"如此说来……捷风是个很善良的人啊！为什么他要叛乱呢？还制定了'新世界歼灭作战'这种大规模的杀戮计划！"

"那是因为某个事件……"

卡普瞄了战国一眼后，向克比说道。

"事件？"

捷风被任命为海军总部大将，是在他三十八岁的时候。

"那家伙在升官之后，也结了婚想要安定下来，然后有了孩子。就在人生一帆风顺的时候……他最爱的妻儿……却被憎恨捷风的海盗给杀了！"

年轻的妻子跟三岁的孩子都被海盗给杀了。

是应该要守护的人，自己却无法保护他们。而且，犯人还是以前捷风出于同情而放走的海盗。

——什么正义使者，听了就恶心！

失去妻儿的捷风变得自暴自弃，意志消沉。

他无心工作，由于明白海军总部大将的地位重要性，他也做好了心理准备要辞去海军职位，却被高层否决了。所以，最后他就像现在的卡普与战国一样，留在海军里指导后进。

捷风将悲伤与憎恨埋葬在心里，以教官的身份重新出发。

"他不再是替部下着想的那个温柔海军，成了魔鬼教官。"

"但是……这也是那家伙表现温柔的方式。"

听到卡普的话，战国也跟着回应。

捷风不希望未来上战场的学生们白白送命，因此极为严格地锻炼他们。

"那么！捷风并不是因为那个事件而改变的……"

"事情还有后续呢。"

卡普继续说。

捷风在四十二岁的时候当上了教官，培育年轻的海军成了他的人生目标。

他指导的一期生有赤犬、黄猿波尔萨利诺，后来的三期生有青雉库赞。被誉为海军最高战斗力的三大将，都是看着捷风的背影学习，在捷风的教育下成长。目前的中将们也是……

"现在有名的将官们，全都是他的学生。"

卡普如此说道。

他跟战国也是以长官或前辈的身份在指导后进。不过，正式以教官身份指导后进就只有捷风一人。

所以，大家才会称呼他为"老师"。

——我想要培育英雄。

这是捷风在壮年时期的口头禅。

岁月流逝，二十几年前，海盗王高路·D·罗杰在罗格镇的断头台上丧命。

一个时代结束的同时，新的世纪也打开了序幕。

大航海时代。

尽管如此，捷风的信念尚未动摇。在海盗无视法规恣意妄为的大海上，他陆续送出代表正义使者的学生们。然后，他也继续培育着斯摩格、希娜这些立于新时代在海军中崭露头角的人才们。

"可是，捷风又遇上了更惨烈的悲剧。九年前……他所在的新兵训练舰，被拥有恶魔果实能力的海盗所攻击。"

那是海军史上的一大悲剧。

"只有几个人存活下来，所有的新兵都被杀了。捷风本人也受了重伤，失去右手。"

"总部大将失去右手？"

贝鲁梅伯少校十分讶异。要是听到赤犬或黄猿少了一只手臂，想必大家也都难以置信吧。

"那个海盗到底是哪里来的？"

"关于对方的真实身份，官方公布的结果是不清楚。"

战国这么回答。

其实，他们都知道。刻意兜圈子解释，是因为这起事件对海军来说，是不可告人的秘密。

卡普继续说着……

"那家伙沮丧的模样，实在是叫人看不下去。他身心俱疲，长期休养……那时候我就觉得，捷风应该不会继续留在海军里了。没想到……几年后，已经是七十岁老翁的捷风居然再度申请重返第一线，我当时真的很讶异。"

经历那次的训练舰事件的捷风，到底在想什么，思考什么？

"到底是为什么……"

"我也不知道。"卡普摇了摇头，"捷风甚至连对我这个同事都不肯再敞开心房了。我唯一可以确认的是……重返第一线的捷风，目的是替被海盗杀死的学生报仇。"

他的右手——海楼石武器就是最好的证明。

重返第一线的捷风，要求海军科学家帮他打造可以对付恶魔果实能力者的海楼石义肢。他带领学生组成对抗海盗的"游击队"，专门猎杀拥有恶魔果实能力的海盗。此时的他，已经舍弃了"不杀"

的信念。

卡普中将看着手边有关叛乱军Z军的资料。

捷风……还有现在担任干部的艾恩与宾兹，就是当年训练舰上存活下来的士官后备生。Z军的士兵，多数也都是因为仰慕而跟着他的前海军。

"'游击队'……有这种组织吗？"

"他们是主要在'新世界'大海上活动的非正式部队。"

尽管捷风过去是对海军有很大贡献的前总部大将，但对海军总部来说，果然还是很难承认他这种擅自妄为的行动吧。历练短暂的克比会不知情，也是理所当然的。

在"新世界"的大海上，海盗们都十分惧怕捷风的"游击队"。

"即使如此，捷风还是留在海军啊，不是吗？"

"他当时会留在海军，应该是因为对我们还没有完全绝望啊。然而，让捷风留在海军的最后希望……也崩解了。"

"……发生什么事情了？"

克比倒吸了一口气。

"当初杀掉他那些新兵学生的海盗们被政府接纳，成了'王下七武海'。"

那是大约一年前发生的事。

"王下七武海"是与海军总部、四皇并称为"伟大航线"三大势力之一，也是世界政府公认的七名海盗。他们执行政府的命令，缴纳贡奉，以此换取世界政府允许他们私掠海盗以及掠夺未公开地的行为。

"任命'七武海'的是世界政府……海军根本无能为力！"

克比终于明白了捷风与海军分道扬镳的理由。

学生的仇人现在成了"七武海"，摆出高傲的嘴脸作威作福，这对捷风来说自然是难以忍受的事。

"听到这个人事命令之后，捷风辞去了海军。如今，他又出现在这个'新世界'。他痛恨海盗，对政府跟海军感到绝望……因此，率领了自己组织的新海军……"

"卡普。"

战国出声表达了他对卡普用词的不满。

"他率领着叛乱的Z军。"

无法接受的现实，改变了一个男人。他将所剩无几的人生豁出去，放手一搏。

与我的正义为敌者，都葬身海底吧。

就算将我费尽人生培育起来的海军人脉全部舍弃，我也要在人生的最后做个了断。

"为什么'黑腕捷风'要改名为'Z'呢？"

"这个嘛，我不知道……但可以确定的是……"

——心中不存迷惘的敌人是很难对付的。

卡普想起以前的同志，并为他那钢铁般的意志感到害怕。

2

一座无名的小岛上，立着墓碑。

虽然早已注意到舰队逼近小岛周围，但他依然显得气定神闲。

他一直在等待。

终于，一艘登陆用的小艇靠岸了，一个男人爬上了山顶，来到墓地前。

大海在看着。

包括世界的开始——
包括世界的末路——
大海都知道。

尽管我们消失了——
全知的大海仍会引导我们。

不可以恐惧——

因为有你在，所以我不能消失。

因为有伙伴等待着，所以我们必须往前进。
往蔚蓝的彼方前进。

拥有冰之义足的男人——青雉库赞哼着军歌。

不要害怕死亡。

与死亡同行，才是海军男儿的本色！

这是一首"诀别"之歌。

"——我很讨厌这首歌呢，老师。歌颂赴死海军的歌曲，真让人受不了。"

库赞对出现的老人说道。

那是Z。

九年前，岛上为那些牺牲的训练舰新兵立了吊唁的灵位牌。石碑上刻了上百人的姓名。

库赞将手上的酒瓶丢给了Z。

Z以左手接过酒瓶，确认着雪莉酒酒瓶上的标签。

"你喜欢这种酒吧？以前总听你说这酒好喝。"

"你是来向顽固的老人说教吗？库赞啊……不好意思，我是不会停手的。"

Z一脸不悦地回应。

"……这一点都不像你的作风啊。"

青雉短短的话里却隐藏着深刻的含义。

"不杀"的总部大将，为什么要牺牲一般人，造成大浩劫喷发？

既严格又温柔的捷风老师，为什么要让自己的学生走上歧路，背负着叛乱者的污名而死呢？

"你打算寻死吗？"

Z是来学生们的墓前发誓的。

青雉知道他一定会来这里。因为Z已经有了死在"蔚蓝的彼方"——海上的觉悟。

　　"我不得不做……我得执行'新世界歼灭作战'！我要让海盗这种恶势力灭亡，实现海军没办法执行的真正正义！"

　　世界政府的走狗办不了事，政治只会扭曲正义而已。

　　库赞静静地听着Z说话，他希望尽可能地了解Z的心里在想些什么。

　　"——库赞，你知道那些杀了新兵的海盗们，现在是什么样子吗？"

　　Z跪倒在墓前。

　　"他们可是一边高声谈笑，一边喝着好酒呢……杀死敌人……存活下来的人才叫正义。因为，被杀死的人已经无法祈求，也无法再说话了啊……"

　　战争就是互相残杀——决定哪一方是正义。

　　人们并不是为了正义而战，胜者才被视为正义——才被视为英雄。所以，大家都想要变强，大家不需要一直输的懦弱英雄。

捷风曾经想要成为正义的英雄。
捷风曾经想要培育正义的英雄。

但他托付了梦想与未来的学生们，最后却沉入冰冷的海底，化为鱼儿的餐食。

这里有的不过是慰灵碑，里面并没有葬着那些死去学生的任何一根骨头。

被杀死的人，既没有梦想也没有未来。

被杀死的人，只能在绝望中腐朽风化，连信念都无法留下。

"——库赞，我找到答案了。"

因此——

Z并不是一时被热血冲昏了头，他与他的义肢，找到了他长年信念的答案。

不管以何种形式，不管要牺牲什么，他都一定要赢。

"是吗……"

库赞在同样因故离开海军的同志身后，开口询问。

"好了，滚吧。"Z告诉他的学生，"下次见面，再一起喝酒吧。"

我不想杀你了——

Z如此暗示着。

"我也是啊，捷风老师……"

库赞的手上显现出冷气。

两人在墓前对峙。尽管嘴上说不愿动手，但Z却举起义肢，摆出迎战姿势。

然而——

库赞只是经过 Z 的身边，离开了竖着墓碑的岛屿。

3

这里是"岛波公司"的船坞。

肩膀上绑着绷带的船长坐在雨中的堤坝上，看着修理中的"阳光号"。

拿着伞的小奈美走到他身边，停下了脚步。

路飞身上有一种难以靠近的氛围。这也难怪，路飞在短期内连输两次。海楼石子弹击中了他的肩膀，他被彻底地打垮了。

"你们到底要意志消沉到什么时候啊?"

"呜啊啊啊～～～"

小奈美丢下雨伞，大吃一惊。

出现的人是青雉库赞。

这家伙简直是来无影去无踪。奈美身边的撒谎布、小乔巴，还有因为故乡发生的"欧哈拉惨剧"的罗宾都脸色发白。

"没事的。"

然而，路飞却一点都不觉得惊讶。奈美等人对此感到十分压抑。

"我们刚刚在瑟肯岛上见过青雉了。"

为了搜集情报而待在酒吧的奈美等人并不知道，路飞、佐罗、山智跟布鲁克四人，曾经在温泉里遇到库赞。

看来并不会在这里开战。

小奈美等人终于松了口气，朝刚刚出现的库赞凑过去。

"你说前海军总部大将捷风?"

小奈美提高音量。

这是两次打倒路飞的男人本名。

尽管是前大将、尽管年纪老迈，但海军总部大将所筑起的高墙，还是这么的高啊！

"Z从海军手上抢走了原动石。"

"原动石！"

听到库赞的话，罗宾有了很大的反应。

"那是什么啊？"

布鲁克加入了话题。

"那岩石号称拥有可以与古代兵器相匹敌的威力，只要一碰触到空气，就会发生骇人的大爆炸。因为非常危险，所以严禁私人拥有，照理说应该全部都由海军管理才对。"

"但是，Z却抢走了原动石。"库赞接着罗宾的话说下去，"Z要用原动石，破坏在'新世界'的三个'终结点'。"

"等一下！那个'终结点'是……"

撒谎布提出疑问。

小奈美整理了库赞的话还有在酒吧获得的情报。

"这附近的海域有三个岩浆带，是很大的热点。位于岩浆带上的火山岛被称为'终结点'，当我听海军说这件事情是真的时，我还很怀疑……"

小奈美陷入了思考。库赞却突然露出一脸可惜的表情。

"不过，难得的大胸辣妹居然变成了这副模样……"

"你有在听我说话吗？"

小奈美凶巴巴地骂了库赞一句，然后再度质问这位前海军大将。

"真的有'终结点'吗？"

"有，"库赞叹了一口气之后回答，"法乌斯岛、瑟肯岛……就算听到这两座岛屿所发生的事件新闻，所有的海盗们应该也只会对Z嗤之以鼻吧。很多人知道'终结点'的传说是假的吗？"

"不，"库赞看着罗宾，"调查结果正好相反。"

传言——有关"终结点"的传说是真的。

正因如此，世界政府用尽了各种手段——利用报纸等媒体，硬是让全世界都相信"终结点"只是个不实的谣言而已。

万一有叛乱分子想要利用这么危险的东西就糟了。

"知道这个事实的，只有以五老星为首的政府中枢跟海军上层而已。没想到，海军大将竟然会利用这东西进行叛乱。"

"的确……如果终结点是假的，海军不可能如此慌乱。"

"看来我们惹到了麻烦的男人呢。"

佐罗跟山智点了点头。

Z已经利用原动石破坏了两个"终结点"——法乌斯岛与瑟肯岛，让它们爆炸喷火。

简单来说，他们最初在这趟旅行中碰到的火山灰，是法乌斯岛火山爆发的产物，而瑟肯岛则是那座温泉岛的正式名称。

"Z利用原动石破坏了两个'终结点'，如果最后一个也被破坏的话，联结三个'终结点'的地脉就会受到刺激，开始活动……然后引起可以烧尽整个'新世界'的'大浩劫喷发'！'新世界'的海盗也全部会被烧死。"

库赞讲述着恐怖的未来。

大浩劫喷发！

"不过，要是那样的话……不是海盗的一般人也会被卷进去啊？"

"居然将一般人也卷进去，他是疯了不成！"

撒谎布与乔巴都无法接受。

话说回来，要不是库赞在瑟肯岛将火山碎屑流冻住，不知道会有多少观光客命丧黄泉。

"少在那里装清高了。你们又不是不知道海盗给世界上的人带来多少恐惧与灾难。"

"Z是如此憎恨海盗，甚至牺牲自己也在所不惜。"

库赞简略地说明了九年前的训练舰事件跟捷风的妻儿被杀一事。

气氛显得很凝重。

就像是火山发生大爆炸，连山头都被炸飞了一样。

尽管海盗高歌"自由"，但在背后有很多人为了这"自由"而牺牲，也是不争的事实。

"那、跟、我、没、有、关、系……"

路飞的话打破了这沉重的气氛。

"什么？"

伙伴们都以为自己听错了。

"我要拿回我的帽子！我要跟Z做个了断！"

路飞下定决心。

"你是认真的吗……再这样下去，'新世界'会被整个炸烂啊！"

撒谎布质疑着船长的意思。

"我跟杰克斯约好了！我要成为一个了不起的海盗，然后把草帽还给他！"

路飞的草帽之前跟Z在沙丘上战斗时被抢了。

就在这时候——

佐罗转过身，默默地走向船坞。

"不管'新世界'变成怎样……我们船长好像都没放在眼里呢。"

山智也向船只走去。

"我已经……将这死而复生的生命交给了路飞船长！所以，我也要一起去！"

布鲁克也恭敬地向船长行礼。

"所以……"

"果然还是要由我们出马解救'新世界'吗？这个工作责任也太重大了吧？"

小乔巴与撒谎布互看了一眼。

"咦，你们两位要留下来吗？"

"什么？！你……你在说什么啊，布鲁克！谁说要留下来，我们当然是要一起去咯！我可是勇敢的海上战士呢！对吧，乔巴！"

"咦？喔！是啊！当然了！我可是随时备战呢！"

撒谎布与小乔巴以惊人的气势冲向船只。

雨停了。

罗宾抬头望着放晴的天空，收起了伞。

她看了库赞一眼之后，转身走向伙伴。

"弗兰奇！准备好了吗？"

"哦！刚刚准备好！修理结束！随时都能出发咯！"

"阳光号"的甲板上传来了弗兰奇的声音。

——出发咯！

"草帽一伙"的意志合而为一。

"嘻嘻嘻嘻……各位，谢谢啦！"

路飞笑得十分开心。

"呼呼呼……嘻嘻嘻……哈哈哈！看来你们好像达成共识了呢。"

库赞露出了带有一丝阴霾的笑容，将一个东西交给草帽一伙的导航员。

"永恒指针!"

小奈美吓了一跳。

"PERIOD"——是终结岛的记录指针。

"Z的目标，最后的'终结点'就是这座岛屿。"

终结岛。

即将让这场战斗画下休止符的岛屿（PERIOD）。

"为什么要把这个交给我们?"

"还有为什么吗? 没有这个，你们就追不上Z了吧?"

"话是这么说没错啦。"

尽管已经辞职，但他之前是海军总部的大将，为什么要帮忙被海军追捕的海盗呢?

"海军应该也已经赶赴这座岛屿。在知道有两个"终结点"被炸掉后，他们也认真起来了。"

除了大将黄猿之外，应该也有很多中将出马。

如果路飞等人再次输给Z的话，"新世界"就会灭亡。

"——就算你们赢了Z，最后还是会被海军的最高战力包围，然后遭到剿灭。无论你们的下场如何，我都会看到最后的。"

库赞会注视那个男人与他的战士。

这是库赞失去许多事物后仅存的愿望。

库赞将指出最后"终结点"的永恒指针交给海盗们后，便冰冻了海面，造出一条道路，然后骑着脚踏车离开了。

路飞等人目送库赞离开后，在船坞集合。

"这下事情可严重了呢。本来只想帮奈美他们恢复原状，现在居然演变成赌上'新世界'未来的战斗啊!"

弗兰奇听到事情的来龙去脉后，叹了一口气。

"嗯……真是场豪赌呢！"

"对了，"弗兰奇看着山智，"你们还记得老爷爷说的最强装备吗？嘿嘿嘿……之前有很多被Z打败的海盗船，都被送到了这个船坞来。而且，那些海盗都不是普通的小角色，而是来到'新世界'的强者们！"

管理船坞"岛波公司"的莫布斯通爷爷，保管着这些梦想遭毁的海盗们所留下来的装备。

路飞等人拿起放在仓库里的武器跟火枪。

"怎么样？还不错吧。我们就带着这些武器，连同那些被Z打败的海盗的份儿，一起向新海军讨回来吧！"

听到弗兰奇的话，草帽一伙顿时气势高涨。

"可是，老爷爷，我们真的可以拿走吗？"

这些东西如果卖掉，应该也能换点钱吧。撒谎布拿起一个火箭炮的发射器，询问莫布斯通爷爷。

莫布斯通爷爷将头上那顶华丽的帽子摘下，戴在撒谎布的头上。

"我也要拜托你们，请你们打败那个夺走海上男儿自由的Z吧！"

"草帽一伙"穿上了莫布斯通爷爷托付给他们的决战装备后，回到了"阳光号"上。

"大哥哥们！"

露出满口龅牙的克里，跟莫布斯通爷爷的孙女一起跑到了船边。

即将出港的路飞等人朝着他们挥手道别。

"……我长大之后想要当英雄啊！海军大将跟海盗王，到底哪一个比较好呢？"

"海盗可不是英雄哦。"

路飞对着克里说道。

"咦？是吗？"

"对你来说，两者都是一样吗？"

"是啊！因为都很帅嘛！"

听到两人的对话，草帽一伙都露出了微笑。

克里觉得自己好像被取笑了，因此有点沮丧。

"克里！"路飞举起拳头，"照你喜欢的去做就对了！"

听到路飞的话，克里心里的烦恼似乎一扫而空，他也跟着露出了笑容。

戴着军用钢盔的小奈美，确认着永恒指针。

目的地是终结岛。

想必那里会让这次的旅行有个了断。

第三幕　正义的尽头

1

开战时刻来临。

炮弹落在全速前进、扬起层层波浪的"阳光号"周遭，掀起了高高的水柱。

激起了水花的战海彼端，扬起了Z旗——计划要毁灭"新世界"的新海军主力舰队正等着他们上门。

"阳光号"在集中的炮火攻击下，展开了反击。舷侧的大炮同时射击反攻，命中敌舰。

左满舵。

"阳光号"抵达了能正面迎战敌方舰队的位置。

"继续前进……"

导航员奈美看着永恒指针，催促船长。

"'狮吼炮'，准备发射！"

路飞举起双剑。

那是"岛波公司"的莫布斯通爷爷托付给他——被Z摧毁梦想的海盗们所留下来的最强装备。

船头像张大嘴巴的狮子，露出了大口径的炮管。

"目标，敌方主力舰……瞄准！"

狙击手撒谎布的瞄准镜中，锁定的目标是新海军旗舰"白虎号"。

在发射之前，佐罗跟山智等人或斩或踢，一一将飞来的炮弹打飞，保护船只。

"'狮吼炮'……发射！"

船长挥落原本高举的剑，"阳光号"的船首光芒一闪。

三桶可乐分量的能源一口气化为冲击波，贯穿了海面。

轰隆隆隆！

直接受到冲击的"白虎号"在转瞬间被炸毁大半，停止动作。

周遭的船舰也受到莫大的损伤，爆炸后所产生的浪涛让新海军舰队陷入一阵混乱。

至于路飞等人——

在启动"狮吼炮"的同时，他们也发动了"风来·爆发"，不仅抵消了开炮时的反作用力，还加快了船只的航速，直线突破了敌方指挥混乱的舰队侧翼。

"呦吼！终于看到最后一座岛——终结岛了！"

在帆柱上监视的布鲁克大声说道。

"他好像不在船上……"

路飞感觉得到。

他有"见闻色"的霸气。从敌方舰队反击之势如此薄弱来看，Z与干部们等新海军主力，很有可能都已经上岸了。

2

路飞等人登陆了第三"终结点"的岛屿。

"来了!"

"我不会让你们妨碍Z老师的!"

在终结岛海岸防守的新海军士兵们,马上迎击"草帽一伙"。

"Z在哪里!"

路飞拔出了双剑。

"你先去……"

弗兰奇双肩上的加农炮爆出声响。

在拥有庞大火力的铁人弗兰奇的支援下,路飞一路突击。

"呜哇!"

手持双枪的山智扣下扳机。他先挫了挫Z士兵们的锐气,接着倒立一踢,发动强袭。

"撒谎布! 一百吨铁锤!"

撒谎布敲下巨大铁锤,但铁锤却发出砰的怪响,然后就坏了,原来只是个玩具而已。

"糟了!"

"交给我吧,撒谎布!'毛皮强化'!"小乔巴让身上的毛皮膨胀。

这是动物系的变形。变成了大型毛球的麋鹿人,可以利用毛皮吸收子弹的冲击力。穿着柔软装甲的麋鹿人又像是刺猬一样,从皮毛里冒出了几十只枪管。

"乔巴战车,火力全开!"

身上的枪管一齐开火。子弹化为火网,在新海军之中杀出一条血路。

"呵啊!"

"啊!"

布鲁克跟路飞从乔巴突破的缺口冲了进去。

在激战之中,路飞的双剑已经折断。海盗们的最强装备,在路飞

的鲁莽指挥之下也承受不住。

路飞丢掉折断的剑，使出真本事——用橡皮拳将敌兵全部打飞。

"Z！给我等着！"

因为"草帽一伙"的闯入，第三"终结点"的海军战争顿时化为混战。

在战斗之中，佐罗赫然发现，自己在不知不觉间已经偏离了主战场。

"不过，这景色还真是惊人啊……"

他碰触着身边的岩石。这里是奇岩地带，有如珊瑚般奇怪形状的岩石遍布四处。

经历一次次的火山爆发，再加上"新世界"狂风暴雨的侵蚀，才会造就出如此独一无二的景象吧。

"还原。"

佐罗连忙抽回手。

只见岩石发出红光，然后化为岩浆融化。一千度的热气让佐罗的大衣衣摆瞬间烧焦。

"我不会让你去找老师的。"

出现在岩石上的，是新海军的副提督艾恩。

她是"还原果实"的能力者，她的能力可以让被碰触到的人年轻十二岁。

"不只是人喔。"

她的能力对物体的时间也有效。

也就是说，这个岩石区应该是这十年流出来的岩浆冷却凝固的结果。只要艾恩发动能力，火山岩就会变回岩浆。

"'海盗猎人佐罗'……你的实力太有威胁性了！"

"来得正好，"佐罗将头巾绑在头上，"虽然我跟你无冤无仇……但为了让伙伴们恢复原状，我可要拿出真本事了！"

"的确……如果认真打的话，我可能不是你的对手。"

"什么！"

"不过，我应该还能争取一点时间。如果是为了Ｚ老师的理想而死，我不在乎。没错……一切都是为了让'新世界'的海盗灭亡！"

艾恩反手拿出短刀。

"老师的理想啊……你们新海军已经做好心理准备，随时为Ｚ舍弃性命了吗？"

"没错！"

"但是……不论是之前，还是今天……我都看得出你的刀法充满了犹豫！"

"什么！"

"如果不在乎自己的性命……那么你在乎的是谁的性命？"

"啧！明明是海盗，少一副什么都懂的样子！"

熔岩台地的间歇泉喷出时，山智与忍者男宾兹在空中二度交错。

"黑足"跟"六式"——这是高等级体术的对决。

"你们这些海盗根本没有资格活着！你们就识相地栽在老师手中，变成海藻屑葬身海底吧！"

忍者男宾兹一边打量着对手的实力，一边开口嘲讽。

山智抽了一根烟。

"一直老师老师地叫……你们是小孩子吗？"

"什么？"

像这样将一切都推给别人，只知道依赖而不会思考，正是小孩子的思考模式。所以，他们才会毫不犹豫地执行"新世界歼灭作战"这种惨无人道的选项。

打倒几百个士兵之后，路飞站在微微隆起的山丘上的敌军营阵中。

他拿出背在背上的便当——巨大的带骨肉，一口咬下。肉正是海上男儿的野战粮食，他把比自己还要大的带骨肉，全吞进橡皮肚子里，还舔了手指头上沾着的油脂。

"嚼嚼……嗯！呼……喝！"

路飞做了一下运动，帮助肚子消化。他调整了鼓胀起来的橡皮身体，在补充体力之后，再次展开战斗。

*

"喔喔喔，开始打了啊？"

海军比"草帽一伙"还要晚一步抵达终结岛，他们在稍微远一点的地方登陆。

率领海军的是大将黄猿。

叛乱分子Z军的目的是第三"终结点"——这座岛的火山口。

Z就在那里。

当所有的原动石爆炸时，岛上会引发大型的火山爆发。法乌斯岛、瑟肯岛、终结岛，三个"终结点"会一起开始活动。

到时候，三个岩浆带会联结在一起，然后产生大浩劫喷发。

海底超巨大火山产生有毒瓦斯，遮蔽阳光的烟尘和各式各样的火山喷发物，会彻底破坏海洋与气候，完全地毁灭"新世界"。

"将捷风老师……还有'草帽一伙'，一个也不剩地解决掉～"

3

火山口。

其本意"Caldera"指的是"釜"。火山在爆发时，熔岩会从山顶喷发出来。而在喷发结束后，空了的地下岩浆带会因为自然陷落，而形成一个直径数千米长的巨大洼地。

终结岛的火山活动持续进行，火山口中央以及周遭又出现了新的喷火口。

Z看着挂在原动石胶囊上的草帽，拿起了雪莉酒的瓶子。

新海军的士兵们在所有火山口设置了原动石。这项在岩浆源源不绝流出、甚至还在喷火的情况下进行的作业十分危险。

　　Z脚底的地面，因为地热的缘故，热到无法赤脚踩上去。

　　岩浆就在这下面，即将成为毁灭"新世界"的扳机。

　　Z喝了一口酒。

　　医生不准他喝酒，所以他并没有特别想喝。

　　因为，他意志沉醉在"新世界歼灭作战"这至高无上的美酒之中。

　　尽管如此，这瓶雪莉酒是他学生（库赞）送的。那个青雉小鬼还记得恩师喜欢喝什么酒，真是个好学生。

　　凄凉的天空因为岩浆映照的关系，染上了干涸的红色。

　　Z的脸上浮现了微笑。

这是因为自己的悲愿即将达成而感动，还是回忆起至今的人生？他是否想起了自己失去的东西？像学生、妻儿、地位……

不——Z的表情逐渐变得生气蓬勃，充满了好战的气息。

对方已经逼近到他身边。

就各种层面来说，Z的存在现在至少对某些人还是必要的。

包括新海军的学生们。

还有那些想要阻止他们、自己以前在海军的学生们。

以及要来抢回这顶草帽的年轻海盗们……

"呼……"

他们各自会选择什么样的未来呢——不管是什么样的未来，都有Z的存在。

选择的未来是否能实现，都得由Z的力量来决定。

他现在还拥有能够决定不同未来的力量———切都在他右手义肢的掌握之中。

Z不是为了任何人而牺牲。

他只是在走自己的路而已。

为了让他的未来成为事实——为了让这一切成为最能被接受的唯一事实。

*

路飞一路冲进了新海军部队的大后方。

少了两名干部的新海军部队，连一个海盗都挡不住。

论短兵相接，士兵们根本没人挡得住路飞。防御被突破的部队，从他身后开枪射击。

"要是让他闯过去，我们就完了！不能让他逃走，开枪！不能让他到Z老师的身边！"

几百支枪口同时对着路飞开火。

子弹虽然命中了路飞——但是，一般的子弹攻击对橡皮人是没有用的。路飞用橡皮身体挡开了子弹，接着，橡皮的反作用力让他翻了个身。

过去的路飞只能单纯地将子弹弹开而已。现在的他却能控制这股反作用力，将射来的子弹弹回敌人身上。

新海军等于瞬间遭到了强大的火力回击——在这波攻势下，新海军部队被彻底摆平了。

"呵啊～～～"

埋伏在岩场的士兵们架好火箭炮，发射出去。

三颗火箭弹逼近。

路飞往前一步躲过第一发，闪身避开第二发，用左手推开了第三发火箭弹，使其弹开。

"见闻色"霸气。

他不是靠目视躲开这波攻击的——路飞利用这种霸气，事先掌握到潜伏的士兵的位置，才会察觉到飞弹的轨道。

"草帽一伙"努力奋战着。

斩劈。

交叉双刀防御的艾恩，被袭来的一击轰飞了出去。

三刀流的佐罗继续追击。

面对千变万化的三刀流刀法，艾恩只能采取守势。她的拿手武器是短刀，如果无法拉近距离的话，刀刃根本攻击不到对方。就算她想破坏对方的武器，但佐罗的刀可都是出自名匠之手的好刀。

"唔……还原!"

艾恩迅速地碰触耸立的岩石发动能力。岩石瞬间变成黏稠的岩浆,流向佐罗的着地处。

他挥动双刀,使出"飞翔斩击"——岩浆被剑锋砍散,热气散发到四周。

扫踢。

山智用足技削断异常成长的植物藤蔓后,藤蔓便化为烟灰消失了。

"哇啊!"

宾兹露出苦闷的表情。

舞动。

罗宾挥舞着剑，旋转着画出圆形剑舞。想要靠近她的人马上就会被剑招的节奏牵着走，同时被发射的子弹射到。罗宾让身体长出无数的手，每只手上都拿着武器。

然后，她让身体开花。

"'万紫千红'……'巨大树'！"

就像是有千万只脚集结成束般，一只巨大无比的女性长腿出现了。

宛如巨神降世般，随着大脚一踩，新海军的部队也被踩扁。

奏响。

布鲁克的"黄泉果实"，其实还隐藏着一种真正的能力。

让能力者死而复生一次，不过是"黄泉果实"能力的皮毛而已。死了之后，本来应该要待在黄泉里的鬼魂，却还停留在这个世界上。也因此，"黄泉果实"的能力者——布鲁克的灵魂拥有极为强大又直接的灵力。

他的演奏甚至能够让听者的灵魂颤抖。

只要唱起催眠曲，就算对方不是小孩子，也会一睡不起；一旦演奏进行曲，就能让同伴的士气高涨。

"这是长手族帮我研发的机关手杖……它的名字是'魂之丧剑'……斩击注入了我的灵魂！我要让这个世界好好见识黄泉的冷气！"

冷气刀刃急冲，在灼热的火山岛将敌人冻住，使其长眠。

搏斗。

乔巴虽然年纪变小，但他在出生后没多久就吃了"恶魔果实"，因此现在并没有丧失能力。他操控着动物系的变形点，现在就算吃了秘药"蓝波球"，还是可以不限时间地完成变形。

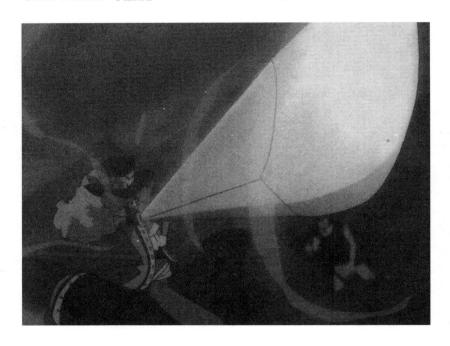

"呵啊！呼哈！哇呀～～～"

"柔力强化！"

打击、打击、打击——他以坚硬的蹄手，接连打败新海军的士兵们。

射击。

撒谎布发现身后有敌人在瞄准自己，马上用弹弓"黑兜"射出火药星。

爆炸。狙击手装填着各式各样的子弹，玩弄着敌人。

"必杀'绿星'——'竹林标枪飞弹'！"

撒谎布射出绿星，只见敌方部队脚下的地面突然冒出竹节，一口气长成竹林。

宛如长枪的竹子高高挑起敌军，然后将其从好几层楼高的高度摔下。

操控。

站在高台上的小奈美，准备好她的武器。

"我要让你们见识魔法天候棒的威力。"

"冷气泡""热气泡"——天候棒的两端生出两种不同的空气泡，看起来就像是无数的肥皂泡泡一样。

不同温度的空气泡让大气变得不稳定，最后终于产生了上升气流，天空被局部性的黑云覆盖住。

小奈美再度挥动天候棒。

这是天候科学空岛维萨利亚的智慧结晶"魔法天候棒"。

她念出秘密咒语。

"晴天霹雳!"

无数的闪电倾落而下。

魔法幼女操控着比自己身高还要高出一倍的棒子，将敌军一网打尽。

布鲁克、罗宾、乔巴、撒谎布、奈美分头解决掉新海军之后，再度集合。

"喂，奈美! 你干吗连我们也一起电啊!"

"超麻烦的哪!"

撒谎布与乔巴刚刚也在"晴天霹雳"的范围之中，被烧焦的两人抱怨连连。

"路飞呢?"

"他刚刚先去火山口了。佐罗与山智还在跟敌军干部对决……"

奈美回答着罗宾的问题，布鲁克却突然大叫了起来。
"各位，奈美看……"

众人同时噤声。
正规的海军总部军队，已经爬上了火山。
在军队前方排成一排的，是高度超越六米的巨大物体——

"和平主义者"。

这是那位海军天才科学家——"领先五百年的男人"贝加庞克设计出来的顶尖人形兵器。

"白色的……"

"……白熊?!"

白色涂装的人形兵器,和平主义者部队。

和平主义者以"王下七武海"之一的巴索罗缪·大熊的肉体为基础,在研究大将黄猿"闪光果实"的能力后,搭载了镭射兵器。以视作机为基底、批量生产的"和平主义者",不管是在压制战场还是反恐活动中都有杰出的表现。

4

釜状的火山口。

在一片爆炸声中,新海军总帅Z就坐在这里。最先出现在他面前的,便是那个年轻的海盗。

"你来了吗?小毛头……引爆最后'终结点'的程序已经开启啦。"

"我不是为了那个来的!"

路飞说出了自己的想法。

帽子。

他只是来拿回眼前那顶草帽而已。

"这顶草帽……对你而言算是什么呢?"

Z瞄了一眼放在原动石胶囊上的草帽。

"是让我成为海盗王的路标。"

路飞毫不犹豫地回答。

那是红发杰克斯托付给路飞的草帽。

"哼……海盗还学人家拥有什么梦想,我可不允许!我要将你们'新世界'的大海破坏殆尽!"

Z摘下嘴巴咬着的吸入器。

他站起身。

披风从肩膀上滑落。

勇闯战海超过七十年的男人肉体，就这样出现在充满热气的釜形火山口。

他浑身洋溢着霸气。

"给我记住！毁灭万恶的我……名字叫作'Z'！呜哦哦哦！"

面对那股气魄，路飞也以气魄回应。

咚！

拳头与拳头相冲突。

两人同时出力相抵，体格略胜一筹的Z将路飞的身体弹向空中。

"喔喔喔！"

路飞立刻在空中调整好姿势，然后从上空接连使出橡皮拳。

拳如雨下。

他不停地向Z的义肢挥拳着。路飞的拳头脱皮，鲜血四溅，但还是不顾一切地攻击。

"你已经放弃思考，豁出去了是吗?"

*

咔！

和平主义者自手掌的炮口放出镭射光。

小奈美等人拼命逃跑。这些人型兵器，哪怕只有一台，都拥有可以打趴七八千万悬赏金等级海盗的战斗力。

"呀啊!"

"糟了!"

和平主义者的数量实在太多。

正当草帽一伙被逼到穷途末路的时候,旁边突然有炮击来袭。

咚!咚!咚!咚!咚!

和平主义者部队遭到集中火力轰炸,暂时停下了脚步。

"哦!让大家久等了!"

"弗兰奇!"

大家期待的援军弗兰奇来了。

他解除双肩的发射器之后,搭上了引以为傲的强悍机器人。

收纳在"阳光号"里的机器人,包含了大型三轮战车"黑犀FR－U4号"与战车"腕龙战车5号",两者"变形"—"合体"之后,就会变成"钢铁海盗"合体机器人"弗兰奇将军"。

"上吧,伙伴!"

弗兰奇与草帽一伙分散的这两年,都待在贝加庞克博士年幼时成长的岛屿上。这个制造机器人的技术,就是他以那些留下来的设计图为基础,再自行开发出来的。

也就是说,和平主义者与"弗兰奇将军"都是以同一个超级天才科学家的理论制造出来的。

和平主义者将目标变更为"弗兰奇将军"。

这是一场钢铁的肉搏战。

虽然是以寡敌众,但"弗兰奇将军"却毫不退缩。

"还真是遇强则强啊!"

"那个白熊先生很棘手呢！"

撒谎布与布鲁克重新调整好姿势。

合体机器人拔出身后的"弗兰剑"，指向和平主义者。如果是一对一的话，"弗兰奇将军"肯定是占上风的。

"强度大概就和两年前的和平主义者差不多吧……"

罗宾估算着一台台和平主义者的战斗力。那时候，包含路飞、佐罗、山智在内，整个草帽一伙全力攻击，好不容易才让一台和平主义者停止行动。

"也就是说，就只是量产型机吧？"

小奈美握紧了"魔法天候棒"。

和平主义者似乎有好几种类型。白熊低成本制作的量产型，恐怕是为了镇压一般士兵时使用的。如果要派来对付前大将捷风，这种和平主义者根本不够，而且附近也没有海军助理这样的将官级人物了。

照这情形看来，经过两年修行的草帽一伙，应该有机会打倒和平主义者。

"既然如此，我不会输的！"

小乔巴咬下秘药"蓝波球"。

——"怪物强化"！

最后王牌——变身成怪物的时间只有三分钟。巨大化的乔巴身形不输给和平主义者。虽然目前的年纪小了十二岁，但他仍然和对手斗了个旗鼓相当。

魔法幼女召唤了黑云。

"晴天霹雳"！

对付配备厚甲的机器人，电击是最有效的攻击，和平主义者的行动开始乱了步调。

撒谎布在和平主义者攻击的瞬间，朝和平主义者的炮口射击火药

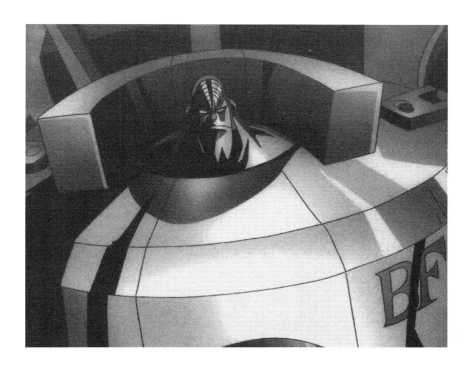

星。布鲁克则是以只有骨头的身体扰乱敌人。罗宾在和平主义者的身上开出手臂，在对手要发射光束的瞬间抓住他的手，使其失去瞄准的目标，演变成自相残杀。

　　另一方面，与和平主义者拉开距离的"弗兰奇将军"打开胸膛，弗兰奇从驾驶舱里现身。

　　"呜哦哦哦！弗兰奇……'将军炮'！"

　　弗兰奇双手合十，两手之间喷发出巨大光束。

　　和平主义者部队笼罩在光芒之中。

　　在持续放射的巨大光束前，终究撑不住攻击的和平主义者冒出白烟崩坏，停止了技能。

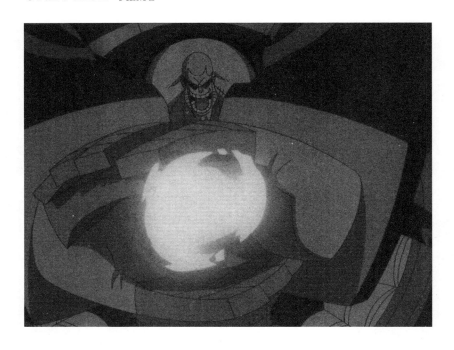

"呜哦哦哦!"
光束的威力令小乔巴等人激动不已。

*

间歇泉将山智与宾兹喷高,两人高跃于空中。
这是一场空中战。宾兹躲过山智的飞踢,随即调整姿势,双手扔出某物。
那是藤蔓的籽。
这里是火山地带,所以野生植物十分稀少。但宾兹身上各处装满了植物的种子,只要使用"生长果实"的能力,就有可能从种子的状态一口气长成。

"空中步行！"

山智在空中一转——不，是在空中翻了个身。

看起来简直像是在空中冲刺似的。

山智的空中步行术是六式中的"月布"。能够踢击空气，在空中步行，只有拥有超人般脚力的人才能办到。

宾兹自由自在地操控着身下的藤蔓，追击山智。

"恶魔风脚——"

高速旋转的脚因为摩擦力而发出高温。

宛如恶魔般的飞踢，虽然不带有霸气，却能打破六式中的'铁块'。经过这两年来的修行，山智如今不只是在地面，即便身处于摩擦力极少的空中，也能自由自在地发动。

乘着藤蔓的宾兹拔出忍者刀，一刀挥落。

咔！

炙热的踢击踢断了忍者刀。

宾兹一边颤抖，一边丢下了断掉的忍者刀。紧接着，又马上从怀里甩出手里剑。

"唔～～"

山智踢掉手里剑，逼近对方。

宾兹决定使出最后手段——巨大手里剑。他将原本折起来的巨大手里剑摊开，朝山智掷出宛如剃刀般的无厚度的巨大手里剑。

"八岁的奈美虽然也很可爱……但我还是比较喜欢性感的奈美啊！"

——燃烧吧，热情的火焰。

山智将巨大手里剑当作跳板一踩，瞬间拉近了与宾兹之间的距离。

"呜哇啊啊啊！"

在空中步行的山智，全身上下包着火焰，化为冲击的流星。

"臭忍者，吃我这招……'恋爱之流星飞踢'！"

中了山智燃烧的一踢之后，宾兹整个人被踢飞，撞上了间歇泉，再也动弹不了。

*

艾恩处于下风。

敌人是那个"海盗猎人佐罗"，两人的身手本来就有差距，她完全找不到反击的机会，而两把短刀此时都已经变得破烂不堪。

虽然可以利用"恶魔果实"让佐罗变弱，但艾恩根本就碰不到佐罗。现在的她十分后悔没在最初的袭击之时，将这个男人变成小孩子。

艾恩被剑压震飞。

佐罗朝着浮在空中的艾恩冲去，这时艾恩双手拔出了手枪。

射击——再射击。

可是，子弹却被佐罗砍成两半。对于在"新世界"驰名的海盗，若非流弹，一般枪击根本不可能射中。

佐罗的刀让艾恩的手一震，她的武器毁了。短刀与手枪都被震得粉碎的艾恩，已经没有武器可用。

"三刀流……'青龙印流水'！"

最后的致命一击。被佐罗的气魄震慑住的艾恩，无计可施地待在原地。

斩！

"啊…………"

"如果你还有迷惘，就该自己去斩断。"

砍中艾恩的，是刀背。

她的意识逐渐模糊，缓缓地倒在地上，脑中想的全是九年前那些被杀的新兵们。

一夕之间，梦想与未来都被剥夺了。

海盗抢走了他们的一切，没有留下任何东西，也留不下任何东西。

杀人的海盗们喝着美酒，被杀的海军们却只能悲惨地成为鱼食。

——这种事是可以被原谅的吗？

当今的海军，还有世界政府……都扭曲了正义。

他们不止忘了九年前训练舰所发生的悲剧，还将身为犯人的海盗奉迎为"七武海"。

　　——这种事怎么能忘掉呢？

　　艾恩的动力，就从追思被杀的同期开始。

　　如果世间的时间可以倒转，艾恩一定会毫不犹豫地利用自己的能力，让时光倒转十二年吧。

　　——岂能要我们忘记这件事！

　　正因为无法回头，艾恩才如此愤怒。

　　只有拥有同样想法的捷风，才能成为引导自己未来路途的星星。

　　要消灭掉所有的海盗——老师是这么说的。因此，我们没有时间一个一个地将海盗杀光。

　　捷风老师想毁掉的是一整个时代。

　　他要终结大航海时代这个令人愤怒的时代。

　　他要打造一个孩子们再也不会憧憬海盗的世界。

　　而且越快越好——因此，一定要将海盗的梦想"ONE PIECE"从"新世界"里消除。

　　可是……

　　——这么做真的好吗……

　　艾恩的心里一直挂念着，她将争议的答案交给了捷风一个人。

　　她觉得自己似乎太过依赖捷风了。

　　应该跟老师一起想出解决的办法才对，但她其实根本没有仔细思考，只是跟随着老师的决定起义而已。

　　不过，她并不是对组织了新海军的Z有所怀疑。

——我这样真的好吗？

"老师……"
迷惘让她采取了意想不到的行动。她将"还原果实"的能力全部
解除了。

*

就在这时候——奈美的身上突然发出了光芒。
她吓了一大跳，忍不住闭上了眼睛。
好痒，而且还有一点点疼痛的感觉，奈美不禁吐了一口气。
她的身体仿佛快转片子一样——胸部、臀部逐渐隆起，一下子从
八岁变成了少女，然后成为女人。
"啊！哇！"
奈美有点害怕地睁开眼睛，随即开心不已。

恢复了！
她恢复为二十岁的身体了。虽然不知道为什么会这样，但因为
"还原果实"而失去的时间都回来了。
乔巴从五岁变回了十七岁。
罗宾也从带有少女样貌的十几岁，变回了成熟的女人。
"呀～～嗯、嗯，还有我，我也恢复了耶！"
乍看之下没什么变化的布鲁克，反而叫得最大声。
"有吗？"
"有啊！果然还是九十几岁好！"
"一定是佐罗他们帮的忙！"
乔巴显得很开心。

"接下来就只剩下 Z 了……我们去找路飞吧!"

"好!"

同伴们回应了撒谎布的提议。

5

路飞与 Z 的死斗还在持续着。

义肢丢出了空弹壳,散热板宛如岩浆般高温不减。

路飞的上衣已经全部烧光了。

"没有用的……你无法击碎我的正义!"

"橡皮枪!"

路飞用尽全力挥出右直拳,击中 Z 的下巴。紧接着,他又连续挥拳打中 Z 的腹部,不曾停手。

"唔!"

"橡皮枪乱打!"

能在一秒揍上数十拳的连打又继续加速,本来以义肢挡住攻势的 Z 也慢慢往后退。

胸前用来固定义肢的缆绳被路飞击中,让他跌了个跟跄。

"你虽然是个海盗,但还挺有骨气的。比起那些软弱的海军们要好多了,不过……"

Z 在体内储积力量。

他的胸肌鼓起,扯裂了原本固定住义肢的缆线。

路飞停下了连打的攻势,不停喘着气。

面对 Z 坚定不移的气势,路飞没有时间休息,他咬着大拇指。

用力吹气——把自己的手当成气球一样,让它膨胀。

骨气球——

"进入'三挡'!"

路飞的拳头变成有如巨人族的拳头一样大,Z看到后也忍不住吓了一跳。

"'橡皮巨人枪'!"

他的巨大橡皮拳跟Z的义肢激烈冲突。

义肢剧烈地嘎嘎作响。

Z终于抵御不住,往后弹飞了出去。

火光四射。

火山口里充满了即将爆发的预兆。

"我是……Z!"

新海军的总帅脚抵着地,想从身体里挤出更多的力量。

Z现在是靠着气魄使出超越极限的力量。

路飞也一样——

进入"二挡"。

他靠着橡皮身体帮助打气增加血液流动,身体变红发热,喷出了蒸汽。

"JET~~~"

"你这小伙子!"

两个男人赌上自己的信念,划破宛如暴雪般的火焰,激烈冲突。

拳头对拳头。

气魄对气魄。

两人的骨头与肉嘎嘎作响。地面承受不住他们的战斗,突然隆起,火山口顿时炸出了一阵狂风。

就在这时候——

*

山腰侧发生大爆炸。

是原动石。

另外一个地方的原动石也随即爆炸，那是新海军部队设置的原动石。终于，灭亡的时刻即将到来。

"草帽一伙"在山上疾奔。

奈美、撒谎布、乔巴、布鲁克、罗宾、弗兰奇总算抵达了火山口的外围。

在伙伴们的面前——

决定"新世界"命运的战斗，即将进入尾声。

*

路飞跟Z之间，隔着挂着草帽的原动石。

路飞已经解除了"二挡"。

他凭着气魄撑着身子，导致血液一时间回流。尽管是橡皮之躯，但路飞现在遭受了严重的打击，已经无法掩饰身上的疼痛。

不过他还是凭着意志，咬牙忍着痛苦。

"小子……为什么你要这么拼命地和我对抗？就算打倒了我，这世界……也不会有任何人感谢你们这群海盗的。"

世间的人并不相信"终结点"，也不知道海军跟Z在此开战。因为是前海军大将的叛乱，世界政府想必会倾全力隐瞒这个丑闻吧。

只有Z胜利，只有"新世界"毁灭的那一刻——这件事才会被公之于世。不过到时候，包括Z本身、路飞、海军与这座岛上的所有人，都无法存活了吧。

"那又怎么样？我只是做自己想做的事情而已。"

路飞这么回答。

"Z！不打倒你的话，我就没办法当上海盗王了！"

他的话十分真挚。

尽管不善言辞，尽管没有礼貌，但路飞就是把想到的话直接讲出来。

"真的……就只有这样吗？哼……还真是个小毛头啊！"

啪。

Z的义肢出现裂痕。

先是在路飞拳头击中的地方出现小小的裂缝，紧接着大块零件也脱落，各个部分的装备开始崩解——覆盖在圆筒形手臂上，打洞的散热板裂开，海楼石钢爪跟着剥落，最后义肢——引爆了装填的炮弹，炸得碎片四射。

啋！

义肢的钢爪在Z的面前掉落到地上。

"新世界歼灭作战"。

伟大的黎明——固守着Z的理念，一直以来都是Z信念基础的义肢，就这样被一个海盗给打断粉碎了。

"做自己想做的事情是吗……"Z看着自己的右手，"那么，我也这么做吧。我也赌上我全部的人生，粉碎你的信念!"

尽管失去了义肢，Z还是不失半点威风。

以前遭海盗斩断的右手，装有作为义肢基底的人工手臂。如果是揍人的话，还绰绰有余。

"来吧! 这是最后一战了!"

Z的双手酝酿着力量——那是"武装色"霸气。

路飞也以霸气回应。

彼此的拳头都有着一击击毙对方肉体的强大力量。

双方互殴。

两人的拳头撞击，在弹开后又再度激烈地对上。

正义与自由。

海军与海盗。

两个男人选择了不同的道路，用毫不虚伪的拳头互相倾诉。

为了找寻答案而舍弃性命，为了找寻男人与男人之间的真实答案——他们得赌上自己的人生。

这是在任何一本书上都找不到答案的问题。

成功与失败。

胜利与败北。

得到与失去。

一切都是为了找寻那夹在白与黑之间的缝隙中，能激励自己走向迷茫未来的宝藏。为了打造那只属于自己的宝藏，他们必须战斗。

因为，这就是人生。

男人们勇敢——且愚蠢地战斗下去。

"'黑腕捷风'又回来了啊!"

青雉——站在火山口的库赞看着Z与路飞的战斗。

他这一趟没有白来。

当然不可能白来,库赞脸上露出了不可思议的笑容。他带着沉静的兴奋,感谢自己能够如此幸运地看到这场战斗的始末。

殴打吧。

脸、腹部。绊倒敌人的脚,将他打倒在地,出脚踏扁。

告诉全世界,你的信念就是不容动摇的答案。

呻吟、吼叫、受伤、流血、恶心呕吐,因为痛苦而含泪。就算快要失去意识,也要以毅力握紧拳头。

不会输的。

跟这个男人的战斗,绝不能输。

"呜哇啊啊啊!"

未来是可以选择的。

只有弱者才得被迫接受选择。

Z被路飞重击一拳,整个人翻了个跟头。

大脑受到震荡,意识逐渐远离,Z终于出现了幻觉。

Z……捷风一直都很憧憬英雄。

他希望自己可以变强。

年幼的时候，他曾经以彩色铅笔在涂鸦本上画下理想的未来。

纸上画着的，总是成为英雄的自己。

——没错！

年幼的他，此时正在鼓励着年老的自己。

那个年纪的他和每个人都不一样，绝对不可能背叛年老的自己。

不能输。

英雄是不会输的。

所以无论多少次，捷风都会再度站起来。

路飞伤痕累累。

而Z亦然。

两人都抖动着肩膀喘息，不用手按着膝盖支撑身体，就没办法站着。

之前累积的经验、磨炼至今的武技全都没有意义了。能够让两人付诸行动的，就只有霸气——气魄而已。

咚！

下巴、腹部。路飞中了Z的铁拳，整个人跪倒在地。

就在Z要给他致命一击时，路飞利用橡皮体术弹起，身子回击过去。

"呼、呼、吁、吁……我，一定会办到的！"

路飞气喘吁吁，对着Z，也对着自己大叫。

"深呼吸！"

他将空气送进自己的体内，重新积蓄力量。

"我会成为海盗王！"

"我的名字是……Z！"

两人都舍弃了防御。

Z的拳头嵌入路飞的脸。

"唔唔唔……"

路飞咬紧牙关，挺身承受，等Z的拳头滑落，他便往前踏入敌方的攻击范围。

"唔!"

"你这家伙!"

*

路飞双膝一软，跪倒在地。

Z看着他的模样，然后就这么仰天倒下。

两人拼尽全力的最后一战，并没有分出胜负。路飞的拳头根本无力给Z致命一击。至于Z则是完全站不起来。

"唔……"

"我也这把年纪了……才这点程度而已，我的身体就已经动弹不得。很遗憾……坏了的时光马上就要结束了。"

Z的太阳镜掉落，露出了疲惫的神色。

这个男人到底战斗了多久呢？

他用了多少力量去殴打世界、伤害自己，却还是继续寻找着答案？

他到底失去了多少东西？

"路飞！"

"你没事吧？"

"草帽"的伙伴们都赶了过来。

"呼～"

"真是的，这一战还真是惊险啊！"

打倒新海军干部后，与大家会合的佐罗还有山智，对船长的战斗表现出极大的敬意。

路飞勉强靠自己的力量站起来。

Z用手肘撑在地上，也坐起来。

路飞与Z的战斗以同时被击倒作收尾。

但是，新海军的战斗似乎是输了。在火山中间行动的部队恐怕是被海军压制住了吧。Z与干部们本来也预定要参战，却因为"草帽一伙"的闯入而分散了战斗力，没办法将海军击败。

"你的梦想是当海盗王吗……追梦之人就一定要排除万难，勇往直前。你就拿走帽子跟我的性命吧。"

Z憎恨海盗的表情，丝毫没有改变。

路飞戴上抢回来的帽子，一脸开心。

"帽子还给我吧！但是，我不要你的性命……光是这样就足够了。"

年轻海盗的态度，让 Z 当场哑然。

"对敌人心软的话，之后可是会被报复的……"

Z——捷风想起失去的妻儿，忍不住将当时的情形跟现在重叠在一起。

"喔！我会做好心理准备的……随时欢迎！"

"傻瓜，你啊……连我这老兵的话你也相信？"

"……如果你还想打的话，我可以陪你打哦。"

"不……我也打够了。"

捷风如此回答。

——没想到居然会输给这么一个海盗小鬼。

他说出了承认败北的话。

此时的他，将 Z 这面高举着另一个自己内心信念的旗帜降了下来。

"路飞！"

"呜哇！"

乔巴抱紧了路飞。撒谎布在一旁支撑着摇摇欲坠的船长。

看到海盗们欣喜重逢的场景，Z 别过头，往上瞄了一下。

"Z 老师！"

他的学生们从火山口赶下来了。

"艾恩……宾兹……"

Z 捡起太阳眼镜，站了起来。

这场战斗，他输了。

"——抱歉……害你们吃苦了。"

"只要 Z 老师没事就好！"

"在下……"

就在两名干部正要冲向Z的时候——一个男人像是算准了时机般出现在火山口旁。

"所有的演员好像都到齐了呢……"

是海军总部大将黄猿。

正规海军部队集结在一起，包围了火山口。

6

海军一直在等待时机。

他们在等Z与路飞互斗后，两个人一起倒下的时机。他们拆除设置好的原动石，等着坐收渔翁之利。

"可惜，草帽小子跟捷风老师都没死啊……不过，反正等一下你们大家都会死，无所谓了。"

黄猿瞄了双方的战力一眼后，才以完全的布阵出现。

"糟了……"

撒谎布显得很狼狈。他们被海军的精锐部队重重包围。

"哼……带了这么大一群人来啊?"捷风抬头看着黄猿，"我在最后终于能照自己喜欢的方式去做，我要照自己喜欢的方式将这一切做个了断……不然，我可没脸去见先死去的人啊!"

海军部队听到指令，一起从火山口往下冲。

指挥各个部队的都是有名的中将。

万事休矣——

"'草帽路飞'……你还有你的冒险吧。"

这本来是和Z的战斗。

Z戴上太阳眼镜，背向路飞等人。

"这里就交给Z吧。没有海盗出场的余地……快滚吧。"

捷风对着草帽一伙说道。

虽然心里还是想回到捷风的身份，但一旦被安上叛乱者的污名，Z就再也无法洗清了。

他已有赴死的觉悟。

"大叔……"

"不行，老师……啊！"

艾恩想冲向Z，但是眼前却突然出现了一堵高墙。

那是冰的高墙。

在这个灼热的喷火口，以能力造出的不融冰壁，分隔了时间与场所，以及一切的事物。

原动石也结冰了。

"库赞那家伙……最后还帮我做了个葬身之地啊？"

Z露出了笑容。这个最好的学生，将酒送给了病人，而他现在应该在附近吧。

好啦，学生们——

不知为何，泪水流了下来。

不管是敌是友，Z军的人也好，海军的人也罢，每个人的心里都在哭泣。

他们都在为一位老师哭泣。

他们为了这位恩师而哭泣。已经茁壮成长的学生们，依照老师的教诲，为自己的信念而战。

大将黄猿化为一道光。尽管捷风是个老迈的伤病，但能够宣告他死亡的人，只有这个男人。

"'八尺琼勾玉'……"

"波尔萨利诺!"

第一期的学生——波尔萨利诺是捷风最初的学生之一。任职元帅的赤犬,是个捷风几乎没有什么可以教他的优秀学生。不过,波尔萨利诺却常常挨骂。

不仅跟最不该作对的"闪光果实"能力者为敌,而且现在的捷风还失去了可靠的海楼石义肢。

"再见了!捷风老师。"

扩散的光弹雨射穿了Z的身体。

肩膀、双脚、胸膛一一被贯穿——如同灼烧着内脏的穿心之痛,折磨着满身疮痍的Z。

他吐出积在肺里的血,不过还是撑住,摇摇晃晃地靠在冰壁上。

中将们都吞了口唾液,看着这场战斗。

他们看着捷风。

捷风不愿意让学生们看到自己丢脸的样子,因此抓紧冰壁,露出无畏的笑容。

"你们!就让我来帮你们上最后一课吧……"

下一秒,他就被光给吞没,消失得无影无踪。

*

喷火口将天空都染红了。

"新世界"的命运——

"阳光号"离开了岛屿。"草帽一伙"在甲板上,回顾刚刚发生在岛上的激烈战斗。

世界被拯救了吗?

一个男人就这样被安上叛乱者的罪名，被历史的洪流给吞没了。

"Z……"

路飞回想起那个坚强的老兵。

他以自己的痛跟伤发誓，绝对不会忘记Z。

也不会忘记对方的信念与英姿。然后，青年与他无可取代的伙伴们，即将展开新的冒险旅程。

终　幕

慰灵碑的岛上。

义肢的残骸被供奉在这座岛上。岛上盖有一座慰灵碑，纪念那些被海盗杀死的训练舰新兵。

这里是捷风的墓地。

世界政府不允许为叛乱者建墓，因此这里没有墓志铭，就连遗体也没有。捷风的墓碑只为了愿意为他祈福的人而建，他的墓碑只为此存在。

大海在看着。

包括世界的开始——
包括世界的末路——
大海都知道。

尽管我们消失了——
全知的大海仍会引导我们。

不可以恐惧——
因为有你在，所以我不能消失。

因为有伙伴等待着，所以我们必须往前进。
往蔚蓝的彼方前进。

青雉库赞哼唱着这首他不太喜欢的歌曲，在墓碑前供奉了雪莉酒。

捷风老师比他教的学生们晚了九年，也前往了那"蔚蓝的未来"……

"唔唔唔……"

"不要哭。"

库赞看着恩师的遗物义肢，训诫着艾恩跟宾兹两人。

"这个男人从生至死，都贯彻了自己的理念。"

——这样不是很帅吗？

冰之能力者激昂地吼着。

一般人一直到死，都是处于迷惘之中吧。因为他们没有绝不动摇的信念，只要踏错一步，就会失去人生中的一切。地位与勋章都会蒙尘，晚节不保的老兵会被历史抹杀。等到没有人为他祈祷，这个坟墓就会变得跟垃圾没有两样。

　　即便如此，人还是可以战斗到死亡那一刻为止。只要拥有信念，就可以反抗这个世界。

　　从恩师身上学到最后一课的库赞，回顾遍体鳞伤的自己，重新整理好心情。然后，再从他尊为恩师的男人人生之中，得到今后继续走下去的力量。

　　意志的传承。
　　人类的梦想。

　　这不是只有海盗们才会的故事。

　　*

　　很久很久以前。

　　在军港长大的年幼少年，总是梦想着要当英雄。

　　今天又有坏孩子不仅抢走了你的娃娃不还，还欺负你。正义使者不会坐视不管，他必须要贯彻自己的正义。

　　"最强！无敌！"
　　他穿着自己做的衣服，比画着自己想出来的招式。
　　看我武器的厉害——他举起绑在自己右手上的粗大圆筒物，冲向

ONE PIECE FILM Z

拿着棒子的三名年长孩子。

"粉碎短打!"

少年打跑那些欺负人的孩子,将娃娃还给了女孩。
坏孩子们在逃跑的同时还不忘撂下狠话。
英雄是常胜不败的。

——随时随地,放马过来!

少年呐喊着。

他变身为画在涂鸦本上自己未来的样子，那是他自己想象的英雄。

捷风要变身了……

"我的名字是，正义使者……"

"Z"!

（完）

图书在版编目(CIP)数据

航海王. FILM Z /(日)尾田荣一郎,(日)滨崎达也
著;周博颖译. — 杭州:浙江人民美术出版社,2019.11
ISBN 978-7-5340-5181-4

Ⅰ.①航… Ⅱ.①尾… ②滨… ③周… Ⅲ.①中篇小
说 – 日本 – 现代 Ⅳ.①I313.45

中国版本图书馆CIP数据核字(2018)第249462号

著作权合同登记 图字:11-2015-168号
"ONE PIECE FILM Z"
© Eiichiro Oda / "2012 One Piece" production committee
All rights reserved.
First published in Japan in 2012 by SHUEISHA Inc., Tokyo.
Chinese translation rights in China (excluding Taiwan, Hong Kong and Macau)
arranged by SHUEISHA Inc. through Hangzhou FanFan Culture Media Co.,
Ltd.
本作品中文简体字版由株式会社集英社通过杭州翻翻文化传媒有限公司授权中国浙江
人民美术出版社在中华人民共和国(台湾、香港、澳门地区除外)独家出版发行。
该小说改编自2012年12月公开的剧场版动画《ONE PIECE FILM Z》(脚本:铃木收)。

航海王 FILM Z

[日]尾田荣一郎 [日]滨崎达也 著　　周博颖 译

策划编辑　冯　玮
责任编辑　余雅汝
责任校对　张金辉
责任印制　陈柏荣
特别协助　杭州翻翻文化传媒有限公司
出版发行　浙江人民美术出版社(浙江省杭州市体育场路347号)
网　　址　http://mss.zjcb.com
经　　销　全国各地新华书店
制　　版　杭州兴邦电子印务有限公司
印　　刷　杭州日报报业集团盛元印务有限公司
版　　次　2019年11月第1版·第1次印刷
开　　本　880mm×1230mm　1/32
印　　张　5.75
字　　数　150千字
印　　数　0,001—6,000
书　　号　ISBN 978-7-5340-5181-4
定　　价　25.80元